사랑하는 사람에게는
이별은 없지

사랑하는 사람에게는 이별은 없지

1판 1쇄 인쇄 | 2024. 12. 16.
1판 1쇄 발행 | 2024. 12. 23.

지은이 | 류여해
그림 | 류예지
발행인 | 남경범
발행처 | 실레북스

등록 | 2016년 12월 15일(제490호)
주소 | 경기도 용인시 수지구 성복2로 86 115-801
대표전화 | 070-8624-8351
팩스 | 0504-226-8351

ISBN 979-11-982810-3-6   03810

블로그 | blog.naver.com/sillebooks
페이스북 | facebook.com/sillebooks   이메일 | sillebooks@gmail.com

값은 뒤표지에 있습니다.
잘못된 책은 구매하신 서점에서 바꾸어 드립니다.

진리가 너희를 자유케 하리라 VERITAS VOS LIBERABIT

사랑하는 사람에게는
이별은 없지°

엄마의 암 진단과 치매 그리고 죽음까지⋯
남겨진 딸들이 기록한 그리움과 위로의 글들

글 류여해 — 그림 류예지

실레북스
BillybookS

큰딸 류여해 쓰고, 막내딸 류예지 그려

사랑하는 엄마와의 시간을 담다.

엄마에게 나는 항상 말했다.

"엄마, 다 잊어도 날 잊지는 마.
나는 엄마 딸 류여해야"라고.
엄마가 다 잊어가도 날 잊지 않길 바랐다.

그런데… 엄마가 날 잊어갈 때쯤
엄마는 하늘로 갔다.

엄마가 날 잊은 걸까.
잊은 척한 걸까.
아니면…
잊은 걸로 보인 걸까.

나는 엄마 방에 조용히 누워서

엄마의 이불 속에 들어가서 울었다.
그런데 엄마가 보낸 메일을 보니
우리 엄마는 내가 그리울 땐 내 방에 누워있었구나.
우리 엄마는 날 보고 싶어서 날 안아보고 싶어서
많이 그리워했구나.

난 그 시간이 지나고 엄마 곁으로 돌아왔는데
이제
엄마는 못 돌아오는구나.
죽음은
못 돌아오는 것이었구나.
엄마가 날 잊은 건지 기억하는지
알 수가 없는 것이 죽음이구나.

엄마…
날 잊지 마.
내가 엄마 안 잊을게.
난 엄마 딸이니까.

엄마의 정성과 사랑이
나를 버티게 했었고
엄마의 사랑이
나를 살게 했었다.

1

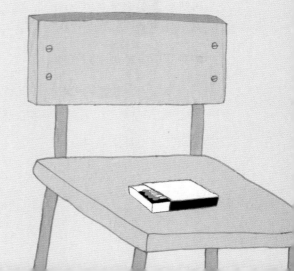

°그리움에
별을 헤다

우리 엄마는 안 죽는 줄 알았다.

우리 엄마는 영원히 내 곁에 있는 줄 알았다.

우리 엄마는… 그런 줄 알았다.

아니, 그럴 줄 알았다.

내게 엄마의 죽음은 없을 줄 알았다.

우리 엄마가 없었다면 나는 과연 독일에서 박사를 할 수 있었을까. 어학 시험에 떨어져서 좌절하고 도저히 공부하는 것이 불가능해 보였던 그 어느 날, 함께 갔던 동료들이 포기하고 귀국할 때 내가 엄마에게 조심스레 물었다.

"그냥 그만하고 귀국할까? 엄마 나 보고 싶을 텐데…."

그때 우리 엄마가 이렇게 말했다.

"그래. 나는 좋지. 온나. 그런데 너 성격에, 네 자존심에 살 수 있겠나. 중간에 포기하고… 넌 악착같은 앤데…. 괜찮으면 온나. 네가 괜찮으면 포기하고 온나."

나는 나는… 너무 서운하고 화가 났고 오기가 났다. 우리 엄마는 자기 딸의 성격을 정확히 알고 있었다. 나의 끈기, 자존심. 나를 너무 잘 알고 있던 엄마….

그때 엄마의 일기장을 이제 발견해서 읽었다. "나는 길을 가도 하늘을 봐도 눈물이 난다. 큰딸이 어찌 이리 보고 싶은지. 눈물이 난다. 전화 걸면 방해될까 봐 애 전화를 기다리기만 한다. 어찌 이리 눈물이 날까"라고 적혀 있었다.

엄마는 그랬다. 보고 싶어도 눈물이 나도 한 번도 그걸 드러내지 않고 아무렇지도 않은 척했다. 다만 언제든 내가 전화를 걸어서 "엄마~" 하고 부르면 바로 "와~"라고 답을 했다.

그게 날 버티게 한 힘이었다. 엄마는 그렇게 내가 걸어가는 길을 먼저 쓸고 닦고 내가 잘 걸을 수 있도록 해주고 있었던 것이다. 그걸 왜 이제 나는 깨달았을까.

진작에 느꼈으면 엄마에게 고맙다고 말했을 텐데….

엄마는 그랬다.
보고 싶어도 눈물이 나도 한 번도 그걸 드러내지 않고
아무렇지도 않은 척했다.

°2024년 8월 9일
생각

어떤 말로 시작을 하면 좋을지 몰라서 글을 시작할 수가 없었다. 일단 점심을 먹기 위해 나갔다. 동네에는 온통 엄마가 보인다. 함께 가던 길, 가게, 추억은 그래서 마음속에 살아 있나 보다. 회덮밥을 시켰다. 50년을 함께한 엄마를 보냈지만 회덮밥은 목으로 넘어간다. 생일에 못 먹은 미역국이 따라 나왔다. 혼자 마셨다. '이제는 생일에 혼자서라도 무조건 먹어야지' 생각을 해본다.

우리 엄마와 나의 50년 이야기를 언젠가 엄마가 하늘에 가시면 꼭 적어야지 생각했었다.

어릴 때부터 언제나 몸이 약했던 우리 엄마. 항상 아팠던 엄마. 49세라는 젊은 나이에 하늘로 가신 외할머니의 영향으로 엄마는 본인이 49세를 못 넘길 거라고 항상 생각했고 나는 어릴 때부터 불안했다. 엄마는 49세의 징크스에 항상 사로잡혀 있었는데 다행히 그 나이를 넘겼다(그런데 하나뿐인 외삼촌이 49세에 하늘로 가시면서 나 역시 내 나이 49세가 되었을 때 불안해하며 1년을 보냈다. 또 내 여동생이 49세에 엄마가 하늘에 가시니 우리는 '49세'라는 나이를 다 지났지만 아직도 트라우마가 남아있다).

　사람은 누구나 살아가면서 부모님을 하늘로 보내고 장례를 치르는 일을 하게 되는 것이 순리다. 부모를 보내는 것은 순리지만 반대로 자식을 먼저 보내면 얼마나 가슴이 미어질까 다시 생각해 보게 된다. 죽음을 만나보니 생각했던 것과 너무나 다른 느낌이다. 어른이 된 느낌이 든다. 엄마의 죽음과 장례식을 치르면서 어른이 된 것 같다. 장례식을 치른 뒤 바로 이어진 나의 생일을 맞으니 참 묘한 느낌이 든다.

　'죽음과 탄생.'

　이 책을 쓰기로 생각했던 것은 2021년, 엄마가 많이 위독할 때였다. 그래서 기록을 하고 세상의 나 외에 모든 딸들이 겪을 엄마의 부재를 준비하고 대응하는 법을 알려주고 싶었다. 엄마와 딸은 참 묘한 관계이다. 딸에게 엄마는 세상에 태어나 처음 사귀는 친구이자 삶의 본보기이다. 엄마는 딸에게 살아가는 방법을 가르쳐주고 딸은 엄마가 하는 음식을 따라 배우고 걷는 거, 말하는 거, 살림 사는 것 등을 배우며 또 엄마로 아내로 자라난다.
　엄마는 딸에게 모든 걸 가르치고, 나이가 들어가고, 딸은 엄마의 젊음을 받아 자라며 그렇게 엄마와 딸은 수없이 싸우고, 사랑하고,

미워하고, 그리워하고, 거울 같은 모습에 놀라고, 똑같아서 깔깔깔 웃으며 서로를 바라본다. 항상 좋은 사이도 아닌 애증의 사이다.

딸에게 엄마는 전부일 수 있다. 바로 나의 거울이기에 엄마의 부재는 거울이 사라진 느낌이다. 바라보고 미워할, 바라보고 투정할, 바라보고 따라 할 그 모든 것이 한 번에 사라진 느낌….

딸에게 엄마는 전부일 수 있다.
바로 나의 거울이기에 엄마의 부재는 거울이 사라진 느낌이다.

。이별이 두려운
그대들에게

언제 가장 슬플까.
우리는 이별이 가장 아프다.
이별이 가장 슬프다.

카우던 반려견의 부재도 가슴이 저린데
함께하던 친구의 이별도 맘 아픈데
연인의 헤어짐도 아파하던 젊은 날이 있었는데….
자신을 낳아준 부모의 부재는 어쩌면 두려움을 넘어선
큰 슬픔이다.
옛날 엄마 없는 하늘 아래
저 하늘에도 슬픔이…
또는 만화의 주제는 모두가 부모 없는
아니, 엄마 잃은 아이였다.

고아라 부르며 그 아이는 슬픔의 대상이었고

부모가 없다는 말만 들어도 슬펐다.

나는 이별이 두려웠다.
특히 엄마가 없는 시간을 상상하는 것이 두려웠다.
그런 내게 엄마가 아프다는 사실을 알게 되고 얼마
못 살지도 모른다는 이야기를 들었을 때
그 충격은 지금도 잊을 수가 없다.

사랑하는 엄마를 간호하고 그 투병 과정을 함께하며
수술과 항암 그리고 그때그때 치료 과정을 거치는 것은
끝이 없는 스트레스의 연장이었다.

수술을 해야 할지
항암을 해야 할지
결정의 순간에도 나는 수천 번의 기도가 필요했고
그때마다 죄책감에 힘들어했다.

인지장애가 시작되었을 때도
처음 나는 그걸 받아들일 수가 없었고
구급차를 타고 엄마가 병원으로 실려 갔다는 소식을 들었을 때도
혼자서 잘 다니던 단전호흡교실에서 엄마가 사라진 날도

집에서 엄마가 나간 뒤 못 들어오던 날도
나는 견딜 수 없는 스트레스에 휩싸이며 지냈다.

엄마의 기억 속이 실타래처럼 얽히는 걸 보면서도
인정하고 싶지 않았고
평소에 해주던 음식을 이상하게 만들어 줄 때
나는 대성통곡을 했다.
우리 엄마가 나를 보고 "엄마"라고 부를 때
나는 알았다.
'우리 엄마가 날 엄마라고 생각하며 의지하는구나.'

2008년 4월 17일부터 2024년 7월 22일까지가
우리 엄마의 길고 긴 투병 생활이었다.
고왔던 우리 엄마.

나는 우리 엄마가 유언장을 썼을 거라고 생각을 못 했다.
엄마가 하늘로 가시고 딱 2주 되던 날
엄마의 책 속에서 도장까지 가지런히 찍어 둔
유언장을 발견했다.
고운 글씨로 '유언장'이라고 쓴….
나는 그걸 발견하고 울지 않았다.

엄마의 유언장을 미리 본 듯 나는 엄마의 장례식을 치렀다.
마치 그걸 받들어 행한 듯.
나는 엄마의 마지막을 정리해드렸다.

그리고 우리 엄마가 아끼던 유언장 같은 책을 발견했다.
그 책은 마치 내가 엄마 없이 남은 길을 살아갈 지침서 같았다.
엄마 목소리가 들리는 듯 생생했다.

앨범 속에서 엄마의 편지를 발견했다.
독일에서 공부할 때 엄마가 반찬과 함께 보낸 편지다.
그 편지 내용은 엄마가 내게 지금 들려주는
이야기처럼 느껴졌다.
그리고 독일에서 공부할 때 엄마랑 주고받았던
메일을 발견했다.
내가 쓰고 엄마가 쓰며 주고받던 그리움의 글.

우리 엄마의 편지 제목이
"사랑하는 사람에게는 이별이 없지.
항상 생각하고 항상 그리워하니까"였다.
독일로 유학 간 딸이 그리워서 엄마는 살아서도
그리움을 안고 있었구나 싶었다.

사랑하는 사

엄마와 나의 이야기는 세상의 모든 딸과 엄마의 이야기이고
엄마와 나의 이야기는
세상의 모든 죽음 앞에 엄마를 보내는 딸을 위한
위로의 글이 될 거라 생각한다.

나는 항상 엄마의 죽음이 두려웠고
내게 가장 큰 두려운 일이 이미 벌어졌고
나는 이제 그토록 무섭고 두려운 일이 없다.

엄마를 보내는 과정을 겪으며 나는 꼭 이야기하고 싶다.
두려워하지 말고 맘껏 사랑하라.
후회 없이 사랑하라.

그리고 우리 엄마는 하늘로 이사 간 것이라 생각하고
그리워질 때마다 마음껏 그리워하면 된다.
이별이 아니니까.
나의 거울이 내 가슴으로 들어온 것이니까.

내가 살아온 건 내가 잘나서가 아니라
엄마의 기도 덕분이란 걸 이제야 알았다.

나도 내가 엄마를 많이 안다고 생각했는데 아니더라.
나의 교만 앞에 고개를 숙이고 슬픔이 아닌 가득한 미안함으로
엄마는 매일 기도했었다.
나를 위해.
엄마의 정성과 사랑이 나를 버티게 했었고
엄마의 사랑이 나를 살게 했었다.

왜 난 한동안 그걸 까먹었을까.
그것이 사랑이었다는 것을….

°엄마가 쓴
육아일기

    1973년생인 나는 아직도 육아일기를 가끔 꺼내 본다. 우리 엄마는 첫아이인 나를 위해 육아일기를 썼다.

    아기를 처음 가진 스물여덟 살 산모의 설렘과 두려움 그리고 태동하는 아기를 기다리는 엄마의 마음도 적혀 있지만 그 시절 어려움이 적혀 있는 육아일기다. 지금으로부터 52년도 더 전에 쓴 엄마의 일기는 가끔 나로 하여금 새 생명의 소중함을 다시 생각하게 해준다. 엄마는 그렇게 나를 기다렸다. 그리고 그렇게 작고 소중한 나를 키워갔다.

    동생이 태어나면서 나의 일기는 새로운 노트에 동생의 육아일기로 계속 쓰여갔다. 그래서 나의 육아일기는 약 3년 정도 쓰여진 것이 끝이다. 재밌는 것은 내 육아일기의 뒤는 동생이 생겨서 입덧하는 내용이 적혀 있고 동생의 육아일기에는 내가 동생의 탄생을 바라보며 심통 부리는 것이 적혀 있다. 그래서 두 권의 일기를 모으면 우리 자매의 성장기가 다 기록되어 있다.

요즘은 자매란 부모가 맺어준 하늘의 선물이란 생각이 든다. 자랄 때는 여동생이 밉기도 하고 귀찮기도 했는데 이제는 여동생을 보면 한 가지에서 나와 함께 자라며 엄마의 죽음을 함께 손잡고 바라보고, 장례를 지내며 슬퍼하는 이 세상에 유일한 나의 혈육이란 생각에 뭔가 가슴 끝이 찡했다.

엄마는 내게 "여해야, 엄마란 존재가 어느 날 네 곁에 없어도 이 육아일기는 네가 어떻게 사랑받았는지를 알려줄 거야. 엄마가 이야기 안 해줘도 이 일기를 보면 네가 얼마나 소중한지 알게 될 거야. 그러니 네가 잠자는 가장 가까운 자리에 일기를 두고 너를 사랑해라"라고 항상 말해주었다.

지금도 나의 육아일기는 침대 머리에 놓여 있고 엄마는 이제 내 곁에서 나의 어린 시절을 이야기해줄 수 없지만, 낡은 노트에 적힌 육아일기는 엄마의 사랑으로 지금도 나를 지키고 있다.

시계와
반지

　내가 처음 큰돈을 갖게 된 것은 중학교 3학년 때 백일장에 나가서 장원을 했던 날로 기억한다. 그 당시 10만 원의 상금을 받았는데 꽤 큰돈이었다. 엄마는 너무 좋아 싱글벙글이었고 나는 그때 반포에 있는 뉴코아백화점 1층 시계점에서 엄마를 위해 10만 원짜리 시계를 샀다. 우리 엄마는 팔목에 항상 시계를 차고 다녔는데 그때 그 시계를 너무 좋아했다. 엄마는 그 시계를 아주 오래오래 차고 다녔고, 아르바이트로 돈을 모아 나는 1997년에 100만 원짜리 오메가 시계를 사드렸다. 엄마는 항상 시계 중 최고는 오메가라 생각했고 나는 그 소원을 들어 드리고 싶어서 돈을 모아 사드린 것이다. 그 시계를 우리 엄마는 정말 한 번도 안 풀고 계속 차고 계셨다.

　그런데 돌보는 분들이 왔다갔다하면서 그 시계는 어디론가 사라졌고, 언젠가 엄마가 그 시계를 차지 못하게 되면 내가 차야겠다고 생각했던 계획이 무너졌다. 내가 사드린 다이아몬드 반지와 시계는 이제 눈앞에 아른거리지만 어디에도 없다.

우리 엄마는
언제나 멋쟁이

    나는 평생 "어머, 딸보다 엄마가 미인이세요"라는 말을 듣고 살았다.

    글을 쓰며 무엇인가 항상 배우고 신문을 보며 책을 보는 엄마를 떠올린다. 언제나 쪽지를 적어서 딸에게 주던 엄마. 도시락을 싸면 작은 편지를 써주던 엄마.

    내가 어릴 때는 가끔 구제 옷을 파는 바자회가 열렸다는데 엄마는 그때마다 500원짜리 치마를 사 입었다. 500원짜리 청치마를 입은 엄마는 참 예뻤다. 평생 예뻤던 엄마다. 영정사진조차도 보면서 다들 예쁘다고 말하는 우리 엄마다.

매일 국수를
만드는 엄마

엄마는 국수를 기가 막히게 잘 만들었다. 멸치국물에 다시마를 넣고 양파를 송송 썰어 넣은 뒤 버섯을 한 움큼 넣고 국물을 우려 매운 고추 간장양념에 부추나물을 넣으면 엄마표 국수였다. 얼마나 맛나는지 나는 그 국수를 먹고 키가 또래보다 컸다. 한번 먹으면 두 그릇 이상 먹으니 초등학교 시절 콩나물처럼 쑥쑥 자라서 키 작은 엄마는 너무 기뻐했다. 국물까지 다 마셨으니 키가 안 클 수가 없었다. 밥보다 국수가 좋았다.

웃긴 이야기지만, 어느 날 엄마가 아프기 시작할 때 국수를 못 먹는다는 생각에 서러움이 몰려왔다. 얼마나 서럽게 울었는지 "엄마 국수"를 외치며 펑펑 울었다. 평생 내가 좋아하던 국수가 엄마표 국수다.

엄마가 어느 날 국수를 못하기 시작할 때 나는 울었다. 처음엔 멸치육수의 간을 제대로 못 하더니 그다음엔 그냥 물에 국수를 담갔다. 그 뒤로 나는 엄마의 국수를 먹을 수 없었다. 증상이 심해졌을 때도 우리 엄마는 "엄마 국수해줘" 하고 내가 말하면 "응"이라고 답을 했다. 기억을 다 잊어도… 엄마는 국수를 기억했다.

어느 날 해운대 앞에 '구포국수'라는 집을 발견했는데 1,900원에 부추까지 넣은 엄마식 부산 국수 맛이 났다. 얼마나 기뻤는지 모른다. 난 그 자리에서 세 그릇을 먹었다. 잠시 안도를 했다. '엄마가 그리울 땐 여기 와서 먹어야지'라고. 그런데 세월이 흐르니 값도 오르고 국수 맛도 바뀌고 말았다.

결국엔 두 발 벗고 내가 직접 나섰다. 기억을 더듬어 엄마처럼 국수를 시도했다. 여동생이 엄지를 척 들고 외쳤다.

"엄마가 한 것보다 더 맛나!"

비슷한 듯 조금 다른 엄마 맛 국수를 재현하게 되었다. 국물까지 후루룩 마시고 나니 뭔가 모를 서러움이 몰려오지만 내 안에 엄마가 살아 있음을 느낀다.

그렇게 엄마는 가고 없어도 내 안에 엄마는 있구나 ….

어느 날 엄마가 아프기 시작할 때
국수를 못 먹는다는 생각에 서러움이 몰려왔다.

°출국 한 달 만에
다시 한국으로

엄마를 두고 나는 독일에 못 갈 줄 알았다. 엄마는 내게 말했다.
"내 일생에 널 멀리 떠나보낼 거라 생각해본 적은 한 번도 없었어."
2004년 3월 22일에 독일로 유학을 떠난 나는 2004년 5월에 한국으로 돌아왔다. 호기롭게 편도 티켓을 끊어서 독일로 갔던 내가 한달 조금 지나 한국에 다시 간다고 하니 독일에 있던 사람들은 내가 다시는 독일로 돌아오지 않을 것이라 서로 내기를 했다고 한다. 유학 간 사람이 바로 한국으로 갔으니, 그것도 어학 시험에 떨어져서 입학이 연기되어 한국으로 갔으니 당연히 다들 그렇게 생각했을 것이다.

사실 내가 독일로 떠나고 2주가 지나서 엄마에게 '갑상선항진증'이라는 병이 발견되었다. 별것 아니라 생각할지 모르겠지만 엄마의 증세는 매우 심했다. 급성 우울증까지 와서 식사도 안 하시니 병을 낫게 하기 위해서는 사랑하는 큰딸인 내가 한국에 가는 것이 최선이었다. 나는 바로 비행기를 탔고, 나를 만나니 엄마는 식사도 하시고 방긋방긋 웃기 시작했다.

나는 엄마를 모시고 원 없이 한 달간 놀았다. 먹고 싶은 거 먹고, 같이 여행 가고, 갑상선 치료로 유명하다는 곳도 찾아갔다. 엄마는 조금씩 회복해서 나는 다시 맘을 추스르고 독일행 비행기를 탔다. 엄마의 유별난 자식 사랑에 독일 유학 출발도 두 번이나 맘을 먹어야 했다.

한 번 다시 들어왔다 독일로 가니 나도 맘이 더 단단해지고 엄마도 견딜 힘이 생겼다. 너무 멀어 만나기 어려운 곳에 나누어진 것이 아니라 언제든 비행기를 타고 12시간이 지나면 만날 수 있다는 생각에 안도를 하게 된 것이었다. 하지만 내가 공부하던 예나라는 곳은 구동독지역으로 기차를 타고 프랑크푸르트까지도 3시간 기차를 갈아타야 했고, 내가 머물던 숙소에서 비행기를 타고 서울 우리 집까지 가는 데는 꼬박 24시간이 걸렸다. 가깝지는 않았지만 만나려면 만날 수 있는 거리였다. 그때는 몰랐다. 그래도 그때는 비행기를 타면 엄마를 볼 수 있었다는 걸… 그것이 얼마나 큰 기쁨인지를….

지금은 비행기를 타도 어디로 가야 엄마가 있을까?
눈을 감으면 있을까?
산소에 가면 있을까?
위패 모신 곳에 있을까?
아직은 엄마를 어떻게 만나야 할지 잘 모르겠다.
바로 곁에 빛과 함께 내 곁을 머문다고 하는데….
어제는 내 평생 두 번째로 별똥별을 보았다.
엄마가 별이 된 듯한 생각이 들었다.

엄마 반찬이
6개월 만에 도착했다

    내가 유독 좋아하던 엄마의 반찬은 고추장멸치볶음, 오징어채, 깻잎 등이었다. 유학 기간에 전화 통화 중 내가 너무 먹고 싶다고 하니 허리가 안 좋아 무거운 걸 못 들던 엄마는 사람들에게 부탁을 해가며 밑반찬, 김치 등등을 싸서 독일로 소포를 보냈다. 돈이 들어도 비행기로 반찬을 바리바리 싸서 보내셨다. 그런데 독일 관세청에서 그걸 확인하느라 소포를 다 풀었고 일일이 다 확인한 뒤 어찌저찌 방치하다가 6개월을 돌고 돌아 받게 되었다.

    소포를 기다린 6개월도 애가 탔지만 그걸 받아 오는 과정도 독일어를 잘 못하던 시절 내겐 너무 힘들었다. 우여곡절 끝에 소포를 받아 들고 집에 와서 풀어 보니 김치는 묵은지가 되었고 멸치는 곰팡이가 피어 있었다.

    나는 버릴 수가 없었다. 곰팡이를 걷어내 가며 그걸 먹었다. 맨밥에 물을 말아서 멸치 한 마리씩을 소중히 먹는 내 자신에 울컥울컥하다 기어이 눈물이 터지고 말았다. 엄마의 반찬이 소중해서….

    지금 엄마가 가시고 나니 엄마가 담아둔 매실청, 엄마가 담근 고추장, 엄마가 담근 된장 그리고 엄마랑 나랑 담아둔 산딸기주가 너무나 소중하게 느껴진다. 한국에 오면 엄마의 반찬을 언제든 먹을 수 있을 거라 생각했는데 '언제든'이란 것은 없었다. 오늘이 마지막일 수도 있는 것이다.

"메멘토 모리."

반드시 우리는 죽는다. 맞다.
끝은 있다. '언제나'란 것은 없었던 것이다.

그렇게 생각하니 모든 것이 소중하게 보인다.

나는 버릴 수가 없었다.

곰팡이를 걷어내 가며 그걸 먹었다.

° 엄마의 메일은
나를 위한 기도

여동생은 엄마에게 뭘 가르쳐 주는 걸 아주 싫어했다. 엄마는 유명한 기계치였다. 솔직히 왜 종이팩 우유를 못 여는지 이해 불가였고, 기계는 무서워했고, 병을 따는 것도 어설펐다. 그런 엄마가 이메일 보내는 법을 배운다는 것은 상상 불가의 일이었다. 하지만 독일로 유학 간 나와 화상채팅도 해야 했고, 편지도 주고받기 위해 엄마는 울며 겨자 먹기로 컴퓨터를 배우게 되었다. 가르쳐주는 동생도 꼴딱 넘어가고 배우는 엄마도 숨이 넘어갔지만 둘 다 나를 위해 애썼다.

드디어 기계치 엄마가 메일을 보내거나 채팅을 하게 되었고, 화상으로 나를 볼 수 있게 되었다. 2004년 그때만 해도 카톡은 없었고 겨우 화상채팅을 할 수 있었는데 독일은 인터넷이 느려서 나는 학교 도서관 입구 의자에 앉아 매일 엄마와 화상채팅을 했다. 우리 엄마는 내가 독일에서 공부할 때 수없이 많은 메일을 보냈고 수필을 썼다.

귀국 후 나는 엄마의 메일을 일부러 다시 보지 않고 두었다. 어느 날 엄마가 내 곁을 떠나면 그때 다시 열어보려고…. 그리고 결국 내게 그날이 왔다.

2004년부터 보냈던 엄마의 메일함을 20년 만에 다시 열었다. 엄마의 목소리가 들린다. 내 곁에서 생생히 들려온다. 그리고 나는 알았다.

'엄마가 있어서 나는 공부를 마칠 수 있었구나.'

엄마는 항상 내게 말했다.

"내가 어찌 널 낳았을까. 네가 내 딸이라는 게 자랑스럽다."

엄마는 나의 자존감을 높여주고 할 수 있다는 자긍심을 심어주었다. 나는 그 소중한 걸 잊고 살았다. 내가 열심히 해서 내가 고생해서 한 거라 생각했는데 엄마는 나와 함께, 아니 내 곁에 항상 머물러 있었다.

지금도 엄마가 내 곁에 있다고 생각하자.

멀리서 그냥 살고 있다고.

엄마의 메일

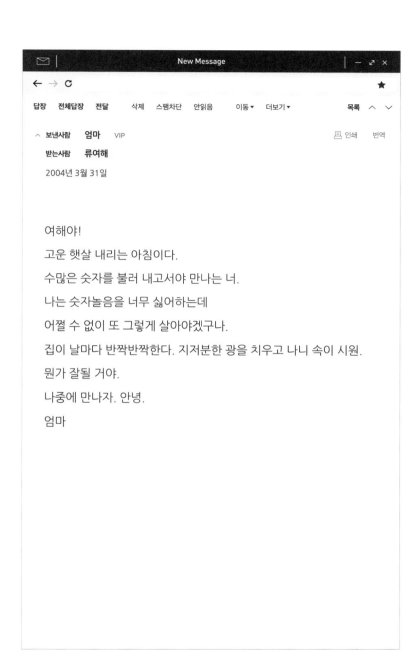

∧ 보낸사람　**엄마**　VIP　　　　　　　　　　　　　　　🖶 인쇄　　번역

받는사람　**류여해**

2004년 3월 31일

여해야!

고운 햇살 내리는 아침이다.

수많은 숫자를 불러 내고서야 만나는 너.

나는 숫자놀음을 너무 싫어하는데

어쩔 수 없이 또 그렇게 살아야겠구나.

집이 날마다 반짝반짝한다. 지저분한 광을 치우고 나니 속이 시원.

뭔가 잘될 거야.

나중에 만나자. 안녕.

엄마

보낸사람 **엄마** VIP

받는사람 **류여해**

2004년 3월 31일

지금 어디 있니? 오늘 소포가 왔구나.

걷기 하고 늦게 들어오니 키 큰 아저씨가

3동에 가 있었다고 소포를 주네.

한심한 배달부.

직접 올라와서 주지도 않고 3동에 갔다 두고 갔다니

속상해서 욕하고 싶었다.

여해야!

그 낯선 곳에서 모든 것이 힘들었을 텐데 어서 보내려고 네가 애썼구나.

영어도 이제 예쁘게 쓰네.

너의 손길이 닿은 옷이랑 편지 보며 왈칵 참고 있던 눈물이 나오는구나.

그래, 너는 유달리 가족을 사랑한다.

넌 모든 것 제쳐두고 가족을 먼저 생각하지.

'예나'라고 쓰인 가방은 또 어느새 샀니? 하여튼 똑똑한 내 딸이야.

여해야!

내가 왜 너 유학 보냈을까?

아니지. 하루에도 열두 번 변덕스런 내 마음과 싸운다.

어떤 길이 진정 너를 위하는 길일까?

여해야!

잘 입을게. 예지도 좋아할 거야.

너는 언제나 엄마와 예지가 우선이었지.

이제 좀 너를 생각하며 살아라.

가방도 잘 들고 다닐게.

너의 주소를 보며 이곳에 내 자식이 살고 있구나.

안경을 쓰고 눈여겨본다.

여해야!

밤에 만나자.

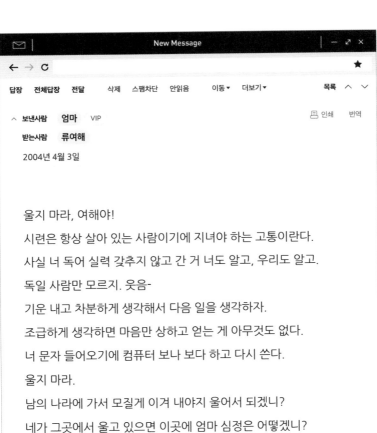

답장　전체답장　전달　　삭제　스팸차단　안읽음　　이동▾　더보기▾　　　　　목록　∧　∨

∧　보낸사람　**엄마**　VIP　　　　　　　　　　　　　🖨 인쇄　　번역

　　받는사람　**류여해**

　　2004년 4월 3일

울지 마라, 여해야!

시련은 항상 살아 있는 사람이기에 지녀야 하는 고통이란다.

사실 너 독어 실력 갖추지 않고 간 거 너도 알고, 우리도 알고.

독일 사람만 모르지. 웃음-

기운 내고 차분하게 생각해서 다음 일을 생각하자.

조급하게 생각하면 마음만 상하고 얻는 게 아무것도 없다.

너 문자 들어오기에 컴퓨터 보나 보다 하고 다시 쓴다.

울지 마라.

남의 나라에 가서 모질게 이겨 내야지 울어서 되겠니?

네가 그곳에서 울고 있으면 이곳에 엄마 심정은 어떻겠니?

정말 해가 서쪽에서 뜨는 거는 서독일까?

그렇기도 하네.

돈이 들어도 그곳에서 만하임? 하고 싶으면 그리 가거라.

걱정 말고. 암튼 잘 생각해보자.

정말 꿈 해석이 그 말인가? 서독?

아이구, 내가 점쟁이가 되어야겠다.

여해야!

울고 다니면 진짜 남 보기 창피하다.

울지 말고. 시험에 떨어지기도 하고 붙기도 하는 거지.

많이 해 봐 놓고는 새삼스레 그러네.

아이구. 내가 잘한 소린지 아닌지?

암튼 너를 위로할 말을 찾는 거란다.

여해야!

우리 딸 독하다더니 맹물아이가. 좀 굳세어라.

아이고 속상해라. 우짜노. 달려가지도 못하고.

또 하루가 지나간다.

한 달 지나면 또 나을 테지. 울음 그치고 잘 생각하자.

눈물 닦고 하늘을 올려다보아라.

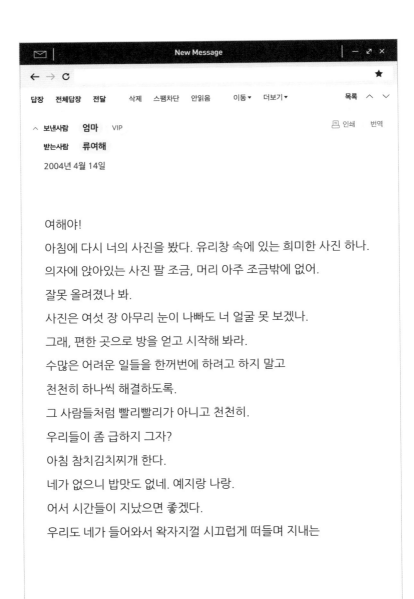

보낸사람 **엄마** VIP

받는사람 **류여해**

2004년 4월 14일

여해야!

아침에 다시 너의 사진을 봤다. 유리창 속에 있는 희미한 사진 하나.

의자에 앉아있는 사진 팔 조금, 머리 아주 조금밖에 없어.

잘못 올려졌나 봐.

사진은 여섯 장 아무리 눈이 나빠도 너 얼굴 못 보겠나.

그래, 편한 곳으로 방을 얻고 시작해 봐라.

수많은 어려운 일들을 한꺼번에 하려고 하지 말고

천천히 하나씩 해결하도록.

그 사람들처럼 빨리빨리가 아니고 천천히.

우리들이 좀 급하지 그자?

아침 참치김치찌개 한다.

네가 없으니 밥맛도 없네. 예지랑 나랑.

어서 시간들이 지났으면 좋겠다.

우리도 네가 들어와서 왁자지껄 시끄럽게 떠들며 지내는

시간 보내고 싶구나.

그러나 너의 말처럼 생각해야 되겠지.

많이 보고 싶다.

손도 잡아보고 싶고, 얼굴도 만지고 싶고.

나는 가끔 네가 잠자는 얼굴을 지켜보며

내가 어찌 이런 딸을 낳았을까 감탄하곤 했단다.

여해야! 우리 함께 이 힘든 시간을 헤쳐 나가자.

잘 자고 일어나거라. 네 마음에 드는 집을 얻기를 빌게.

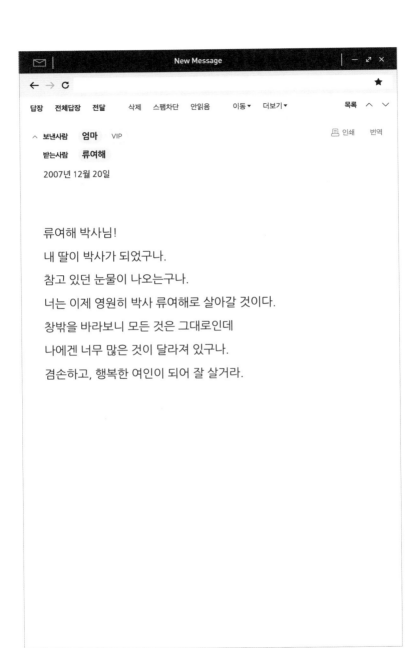

New Message

답장 전체답장 전달 삭제 스팸차단 안읽음 이동▾ 더보기▾ 목록

보낸사람 **엄마** VIP

받는사람 **류여해**

2007년 12월 20일

인쇄 번역

류여해 박사님!

내 딸이 박사가 되었구나.

참고 있던 눈물이 나오는구나.

너는 이제 영원히 박사 류여해로 살아갈 것이다.

창밖을 바라보니 모든 것은 그대로인데

나에겐 너무 많은 것이 달라져 있구나.

겸손하고, 행복한 여인이 되어 잘 살거라.

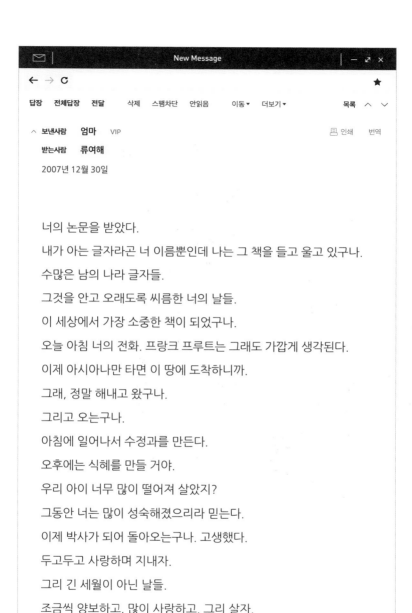

답장 전체답장 전달 삭제 스팸차단 안읽음 이동▼ 더보기▼ 목록 ∧ ∨

보낸사람 **엄마** VIP 인쇄 번역

받는사람 **류여해**

2007년 12월 30일

너의 논문을 받았다.

내가 아는 글자라곤 너 이름뿐인데 나는 그 책을 들고 울고 있구나.

수많은 남의 나라 글자들.

그것을 안고 오래도록 씨름한 너의 날들.

이 세상에서 가장 소중한 책이 되었구나.

오늘 아침 너의 전화. 프랑크 프루트는 그래도 가깝게 생각된다.

이제 아시아나만 타면 이 땅에 도착하니까.

그래, 정말 해내고 왔구나.

그리고 오는구나.

아침에 일어나서 수정과를 만든다.

오후에는 식혜를 만들 거야.

우리 아이 너무 많이 떨어져 살았지?

그동안 너는 많이 성숙해졌으리라 믿는다.

이제 박사가 되어 돌아오는구나. 고생했다.

두고두고 사랑하며 지내자.

그리 긴 세월이 아닌 날들.

조금씩 양보하고, 많이 사랑하고. 그리 살자.

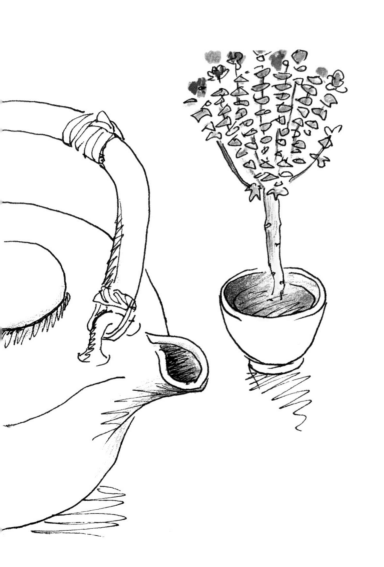

두고두고 사랑하며 지내자.

그리 긴 세월이 아닌 날들.

조금씩 양보하고, 많이 사랑하고. 그리 살자.

매일 조금씩
허공으로 날아가 버리는
엄마의 기억 그리고 인생이
내 눈에는 보였다.

2

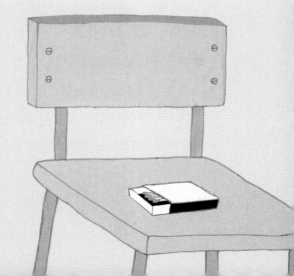

° 행복과 불행은
함께 온다

긴 시간을 떨어져 지내다가 한국에 귀국했을 때 나는 박사가 되어 있었고, 모교에서 바로 강의를 하기 시작했으며, 대법원에 전문직 재판연구관도 되어 돈을 벌 수 있었다. 엄마는 곁에 있는 나를 보며 행복해했고 잠든 나를 보며 '꿈인가 생시인가' 했다. 나도 더 이상 가족과 떨어져 있지 않아도 되니 너무 좋았다. 좋아하는 국수를 매일 먹을 수 있어서 참 행복했다.

지금도 기억이 난다. 2008년 4월 초 모교에 강의를 하러 간 날… 벚꽃이 피어서 꽃잎이 살짝 떨어졌다. 아주 오랜만에 "행복해"라는 말이 절로 나왔다. 엄마에게 전화를 했다.

"엄마 나 학교 도착했어. 뭐해? 밥은 먹었나? 근데 엄마 나… 너무 행복해… 너무 행복해…."

그때 엄마가 내게 말했다.

"행복하니 다행이다. 네가 고생을 많이 했는데…."

나는 엄마와의 이 대화가 잊혀지지 않는다.

그리고 다음 날 엄마는 내게 전화해서 이렇게 말했다.

"여해야, 엄마가 할 말이 있는데… 건강검진을 했더니 의사가 큰 병원에 가보래. 너 시간 내서 나랑 같이 좀 가줄래?"

나는 지금도 "행복해"라는 말을 잘 못한다. 좋아도 좋다고 말을 잘 못한다. 겁이 나서…. 좋다고 말하면 신이 질투해서 내게 왕창 슬픈 일을 줄까 봐. 그래서 사람들이 가끔 서운해한다. 내가 표현이 없으니…. 그런데 정말 나는 두렵다. 행복하다고 하면 다음 날 불행이 올까 봐.

나는 엄마랑 그다음 날 바로 서울성모병원에 갔다.

바로 수술
잡아주세요

    태어나서 처음 '흉부외과'라는 곳을 알게 되었다. 무엇을 하는 과인지도 몰랐다. 다만, 건강검진 병원 의사의 소견서를 들고 안내하는 대로 갔을 뿐이었다. 엄마의 노트를 찾아보니 엄마가 이날을 상세히 적고 있었다.

    마르고 작은 안경을 쓴 교수님의 입에서 이런 말이 흘러나왔다.

    "폐암입니다. 수술해 봐야 알겠지만 1기는 넘어선 듯합니다."

    엄마는 수술을 뒤로 미루고 싶어 했다.

    "우리 애가 유학 다녀온 지 얼마 안 되어 조금 시간이 지난 뒤에 수술할게요."

    교수님은 나지막이 "빨리 하셔야 됩니다"라고 했다.

    "선생님, 제일 빠른 날이 언제인가요? 그날 해주세요. 부탁드립니다."

    교수님은 제일 빠른 다음 주 월요일 아침으로 수술 날짜를 잡아주셨다. 난 분명 어제 너무 행복했는데 갑자기 가족의 암 수술을 앞둔 보호자가 되어 있었다.

° 서점에 달려가서
책을 사다

무엇을 해야 할지 몰랐다. 논문을 쓰듯 일단 서점으로 가서 '폐암', '항암', '암'과 관련된 책을 샀다. 진짜 양손 가득 책을 샀다. '체온을 높여라. 수술을 하지 마라' 등등의 주장이 담긴 책을 읽으며 수없이 많은 갈등이 되었다.

'수술을 괜히 하나….'

'내가 이걸 잘못 판단한 걸까.'

누구도 결정해 주지 않는 중요한 문제들을 내가 결정해야 했다. 나는 엄마의 보호자이고 큰딸이니까. 집안에 결정권자가 나라는 것이 너무 무서웠다. 만약 수술이 잘못되어서 내가 한 선택을 후회하면 어쩌지… 머리가 복잡했다.

내가 아주 어릴 때 엄마를 위해 들어 둔 암보험이 있었다. 내 나이 스물한 살에 엄마 앞으로 들어 두었던 암보험이 두 개나 있어서 그 당시 이것저것 3,500만 원 정도를 받을 수 있었고, 수술 및 시술 등을 받을 수 있었다. 그래서 엄마를 1인실로 모셨다. "울 엄마 하고 싶은 거 다해! 고급으로 다해!" 외치며 그때부터 유기농 주스에 과일, 채소 등 무조건 엄마는 최고급으로 해드렸다.

길지 않게 끝날 줄 알았던 투병이 그렇게 시작되었다. 뜸, 반신욕, 온열기… 엄마를 낫게 하기 위해서 안 한 것이 없었다(지금 돌아봐도 제일 좋았던 것은 무연기 뜸을 매일 한 것이 체온을 높여 면역 키우기에 좋았던 것 같다. 또 반신욕을 매일 시킨 것 그리고 흙침대 사서 온돌침대를 쓰게 한 것 이 세 가지는 면역에 좋았던 것 같다).

그렇게 나는 투병하는 엄마를 둔 딸이 되었고 우리 엄마의 투병 생활이 시작되었다. 그날부터 우리는 긴 터널을 맨발로 걷듯 살아갔다. 지금 돌아보면 어찌 걸었나 싶은 길들이다. 매일이 무섭고 힘들고, 매일 나는 겁이 났다. 엄마가 죽을까 봐.

이제 나의 두려움이 사라졌다.

엄마가 없으니까….

수술은 제일 쉬운 시작이었다

수술은 아무것도 아니었다. 암은… 너무 힘든 병이었다. 수술은 시작일 뿐 항암은 그야말로 고통이었다. 자신의 세포를 죽여서 암을 죽이는 것은 만만한 것이 아니었다. 특히 암이라는 진단을 받은 뒤 환자는 심리적으로 상실감에 위축되어 있는데 항암을 시작하면 면역력이 최저라서 누구라도 체력적으로 힘든 것이 당연했다. 항암 과정에서 고열은 필수적으로 따라오고 그로 인해 응급실에 가느라 혼쭐이 났다.

우리는 입원을 택했다. 항암 후 1주일은 무조건 입원을 했다. 구토, 고열 등을 감당하기에 집은 너무 위험하게 느껴졌다. 동생은 학교를 휴직하고 엄마 간호에 전념했고, 나는 실질적인 가장이 되어 돈을 벌었다. 버는 것은 엄마의 치료에 모두 쓰며 엄마를 최고로 편하게 모셨다. 그래도 엄마는 힘들어했다.

1인실이라 그래도 구토하는 모습을 남들에게 보이지 않아도 되었지만 다른 방은 정말 슬펐다. 누군가 한 명이 수술을 마치고 들어와 통증을 호소하면 어떤 사람은 항암 후유증으로 비명을 지르고, 그러다 고열로 폐렴이 와서 중환자실로 넘어가곤 했다. 그리고 영원히 돌아오지 않아 그 침대에는 다른 환자가 들어오기도 했다. 병원에 보호자로 가 있으면서 자연스럽게 우리 자매의 병원 생활도 시작되었다. 이 방 저 방을 기웃거리며 각각의 사연을 듣다 보면 서로 격려도 하고 눈물도 흘리게 되었다.

"조금 살 만하니 암에 걸렸어요."

"집을 겨우 샀는데 암에 걸렸어요."

"애들 시집보내고 이제야 살 만한데…."

다들 고생고생하다가 살 만하니 병에 걸렸다고 말했다. 생각해 보니 우리 엄마도… 그랬다. 내가 박사 받고 이제 겨우 돈 벌며 살 만한데….

그날 나는 병원 1층 성당에 달려가서 "예수님, 하느님, 성모님"을 외치며 눈물을 흘렸다.

"우리 엄마 70세까지만이라도 살게 해주세요. 제가 이제 겨우 잘 모실 수 있는데 저 후회하지 않게 원도 한도 없이 해드린 뒤 데리고 가세요. 너무하잖아요. 이제 겨우 잘해드릴 수 있는데 너무하잖아요. 저 잘해드릴 시간 좀 주세요."

그렇게 70을 넘기고 78세에 엄마가 하늘에 가셨으니 내 기도를 들어주시고도 시간을 더 주신 셈이다.

나는 내가 우리 엄마를 잘 보살피고 잘해드려서 이만큼까지 살게 했다고 생각했는데 돌아보니 엄마가 날 위해 계속 버티신 거였다. 엄마가 떠난 뒤 내가 울까 봐, 너무 맘 아파할까 봐. 봄에는 산딸기, 여름에는 무화과, 가을에는 포도, 겨울에는 한라봉 실컷 먹고, 메로나도 먹고, 바밤바도 먹고, 멍게도 해삼도 먹고… 그렇게 다 먹고 가는 거 보여주려고 날 위해 버텨준 것이었다. 날 위해 살아준 것이었다. 생각해보니 그랬다. 그 또한 엄마의 사랑이었다. 내가 클 때까지, 내가 단단해질 때까지, 내가 덜 슬플 때까지 엄마가 기다려준 것이었다.

그렇게 다 먹고 가는 거 보여주려고 날 위해 버텨준 것이었다.

날 위해 살아준 것이었다.

약과의
전쟁

4차 항암이 끝났을 때 우리 엄마는 머리카락이 하나도 없었다. 머리통이 예쁘다고 애써 말은 했지만, 빠진 머리카락을 주울 때면 나도 울고 엄마도 울었다. 잠자고 일어나면 가득 빠진 머리카락에 서로 눈을 맞출 수가 없었다. 마치 골룸처럼 까맣게 마르고, 머리카락이 없어진다는 것이 자식 입장에서 너무 가슴이 아팠다. 그러면서 나도 우울증이 오기 시작했다.

엄마 나이 61세에 시작된 암. '나도 61세 나이에 아프게 될까? 열심히 살면 뭐 하나' 등등 갑자기 우울했다. 항암 부작용으로 고생하는 엄마를 간호하느라 나도 동생도 정신이 없었다.

엄마 손을 잡고 가발을 사러 갔다. 가발 시장도 엄청 컸다. 항암하시는 분들이 가발을 사러 많이 오신다며 사장은 자랑을 했다. 백만 원이 넘는 최대한 자연스러워 보이는 가발을 샀다. 가발을 쓰고 나니 엄마는 조금 안정을 찾는 것 같았다. 모자만 쓰고는 안 나가려 하더니 가발을 쓰고 나서는 산책도 시작했다. 그런데 여름 더위에 가발은 너무 더웠다. 땀띠가 났다.

　엄마는 가발을 쓰고 나의 결혼식에 참석했다. 그래서 나는 결혼식 사진을 잘 못 본다. 한복을 입고 가발을 쓴 엄마는 참 고왔지만 그걸 보는 내 마음은 찢어질 듯 아프기 때문이다.

　약물 항암이 끝나고 난 뒤 이어서 먹는 항암제를 복용하게 된다. 건강보험 적용이 되지 않으면 한 달에 백만 원이 넘는 약인데 보험 적용이 되면 약 10만 원 정도가 한 달 약값이었다. 이 약은 누구나 보험 적용이 되는 게 아니라 정해진 조건을 만족해야 했다. 보험 적용이 안 되면 돈을 다 내고 먹어야 하는데 한 알에 10만 원이라고 들었다. 그래서 폐암 환자 커뮤니티 카페에서는 이 약을 서로 나누기도 하는 듯해 보였다.

　나중에 엄마의 가방, 옷 등에서 약이 한 알 한 알 나올 때마다 나는 하염없이 그 약을 바라보았다. 그 약은 참 귀했고 소중했다. 엄마는 그 약을 드시기 시작하면서 그 약의 모든 부작용을 다 겪었다. 정말 모든 부작용을 다 체험했다. 그리고 폐암을 버티고 이겨냈다. 지금도 수없이 감사하는 것은 뼈 전이를 막아서 고통이 없었다는 것이다.

　폐암으로 인한 고통은 말로 다할 수 없었고 항암의 고통도 말로 다할 수가 없었다. 약의 부작용 중 손톱, 발톱 괴사, 머리 밑 염증, 나중엔 물집과 염증으로 열 발가락에 다 반창고를 붙이고 다녔다. 머리 염증 때문에 베개에는 아침마다 피가 있었다. 아무 증상이 없는 사람들은 약효가 없어서 다들 폐암이 심해져 돌아가시곤 했다.

뭐가 옳은지 알 수가 없었다. 고통을 겪으며 내일 걷는 것이 항암이었다. 나는 독일에서 제일 좋은 반창고를 사서 날랐고 엄마는 그걸 썼다. 발이 불편하지 않게 넉넉하고 넓적한 신발을 구해 신겨드렸다. 엄마 서랍엔 반창고가 수북하다. 그것마저도 아끼느라 조금씩 썼나 보다.

눈물이 난다.

°올 것이
왔다

잠시의 평화가 지나고 두려워하던 것이 왔다.

'뇌 전이.'

통에 들어가서 전신을 찍고 나오면 결과가 시험 결과처럼 주르륵 나왔다.

"뇌 전이 같아요."

그날도 의사 선생님의 목소리가 생생히 기억난다. 다행히 전뇌 방사선이 아닌 사이버나이프라고 하는 신시술을 하는데 비용이 비싸지만, 해볼 만하다고 의사 선생님은 건조하게 말했다.

모든 자료를 찾아보니 뇌 전이는 4기 말기였다. 암은 일단 "말기"라는 말을 듣는 순간 모든 희망이 꺼져버린다. 말기는 남은 여생이 6개월 정도를 의미한다고 보통 생각한다. 벼락 맞은 듯 머리가 하얗게 변했다.

이제야 하는 이야기지만, 막상 엄마가 떠나셨을 때 나는 거의 울지 않았다. 정말 많이 울었던 날은 뇌 전이 소식을 듣던 날이었다. 암을 진단받고 수술을 할 때도 나는 의연했다. 엄마와 동생을 달래

느라 난 울 시간이 없었다. 항암을 할 때도 돈을 벌어야 하니 바빠서 정신없이 지냈고 엄마가 힘들어하니 좋은 것을 사다 나르느라 바빴다.

그런데 막상 이제 어느 정도 치료가 되어간다고 생각했을 때 뇌 전이라는 소식은 절망 그 자체였다. 그냥 다 포기하고 싶었다. 더 할 말도 없었고 끝이 보이지 않는 암과의 싸움에 지쳐버렸다. 엄마도 나도 동생도. 다행히 보험에서 그 당시 비싼 사이버 나이프 지원이 되었고 부작용도 거의 없다는 의사 선생님의 말에 우리는 다시 용기를 내었다.

엄마 손을 잡고 정해진 날마다 정확히 가서 시술을 받았고 뇌 전이는 또 그렇게 넘어야 될 산이 되었다. 다행히 다섯 개의 암들은 더 자라지 않고 큰 것은 줄어들기까지 했으니 효과적이었다. 또 한 번 안도하며 시간이 흘렀다.

°우울증이
오다

　암 진단, 수술, 항암, 사이버나이프 등을 거치면서 엄마의 투병 기간은 1년이 지나버렸다. 동생은 학교에 다시 복귀했고, 나도 다시 바쁜 시간으로 들어가고, 자주 오던 이모들도 자신의 삶으로 다 돌아갔다. 이제 항암제만 잘 먹으면 되는 안정기에 들어섰다. '다시 맞는 봄은 조금 따뜻할 거야'라고 위안했다.

　머리카락도 자라고 예쁜 커트머리가 되었다. 나는 엄마가 안정되고 있다고 믿었다. 그런데 배달 시켜둔 과일도 생선도 자꾸 남아돌기 시작했다. 과일은 상하고, 고기는 날짜가 지나고, 요플레도 주스도 다 버려졌다. 처음엔 그러려니 했다. 많아서 남았거니 했다.
　나는 매일 아침 출근 전 엄마 집에 들러서 인사를 하고 출근을 했다. 바쁜 아침 시간에 엄마 집까지 가는 것이 얼마나 힘든 건지 아는 사람은 다 알 테지만 난 30분 덜자고 아침마다 엄마를 보러 갔다. 식사도 충분히 스스로 챙길 수 있었지만 내가 챙기고 음료수도 다 챙겨드리고 출근을 한 뒤 중간중간 엄마에게 전화를 걸어 확인했다. 아기를 두고 출근한 엄마가 된 느낌이었다.

어느 날부터 전화를 걸면 받지를 않고, 집에 가면 불이 꺼져 있고, 음식을 먹은 흔적도 없었다. 하루 종일 뭘 먹은 건지 알 수도 없고 말을 걸면 눈을 감고 답을 했다. 침대에 주로 누워서 신문도 읽지 않으셨다.

엄마는 살이 빠지기 시작했다. 눈에 보이게. 수술 전에는 51kg였고, 수술 후 48kg을 유지했는데 뭔가 이상해 보여 달아보니 43kg이었다. 그리고 매일 살이 빠져서 급기야 36kg이 되었다. 뼈만 남았다. 진짜 앙상하게. 아무것도 먹지 않고 무조건 입에 안 맞다고 말했다. 전국에서 맛난 것을 다 공수해도 버렸다.

지켜보는 나도 화가 나기 시작했다. 결국 우리 엄마 입에서 "네가 먹어봐라 이게 넘어가는지"라는 말이 나왔다. 힘들게 먹을 걸 구해 온 나는 전혀 고려하지 않고 자기 이야기를 하는 엄마가 야속했다. 해삼이 먹고 싶다고 해서 모시고 해안가를 가고, 청도추어탕이 먹고 싶다고 해서 모시고 가고, 방아된장찌개 드시겠다고 하여 구해다 드리느라 바빴다.

그래도 엄마의 무기력은 회복이 안 되었다. 사람들을 아예 안 만

나거나 나가지 않고 불 꺼진 방에 누워만 있었다. 마치 산송장처럼. 결국 나는 "엄마, 이러다 죽으면 비쩍 말라서 보기 안 좋아. 사람들이 얼마나 자식 욕하겠어. 먹고 죽은 귀신 때깔 좋대… 엄마, 딸 위해서라도 좀 먹자" 하며 꼬셨다. 우리 엄마는 이 말에 조금씩 드셨다.

인삼에 꿀과 우유를 넣고 갈아드리고 무화과를 드렸다. 그래도 체중은 오르지 않고 난 결국 엄마에게 눈물을 머금고 이야기했다.

"아무리 봐도 우울증 같아. 미안해. 정신과 가보자."

엄마는 죽기보다 싫다고 우기시더니 내 손을 잡고 병원을 방문했다. 역시나 우울증이었다. 많은 암 환자들이 겪는 순서였다. 다들 부정, 원망 등의 단계를 거치면서 우울증을 맞이한다고 했다. 약을 처방 받고 돌아왔다. 그리고 엄마는 약 한 알을 드시고 주무셨다.

그다음 날 아침, 엄마 집에 들어선 순간 나는 너무 놀랐다. 창문을 다 열고 엄마는 신문을 보고 앉아있었다. 아프기 전 엄마의 모습으로 돌아가서 집에 들어서는 내게 말했다.

"사과 깎아줄까?"

그때 알았다. 적절한 치료를 병행하는 것이 환자에게 도움이 된다는 것을…. 무조건 터부시하거나 두려워 말고 오히려 치료하는 것이 더 도움이 된다. 엄마는 그렇게 우울증을 극복했다.

그 뒤 아주 오래 그 약을 먹었는데… 인지기능이 떨어지고 난 뒤에는 약을 끊었다. 지금도 나는 어떤 선택이 옳을까 답을 할 수가 없다. 그러나 '엄마를 모시고 병원을 계속 가는 것이 정답일까?'라는 질문은 끊임없이 계속했다. 나는 그 당시 엄마의 살을 찌우기 위해 사탕 한 알의 영양소까지 파악했다. 나중엔 다시 엄마를 48kg까지 체중을 올렸다.

나는 어릴 때 밥투정이 많아서 꼭 밥상에서 엄마가 "방앗간 돌아간다" 해야지만 밥을 먹었다고 한다. 그런데 아픈 엄마를 앉히고 나도 수없이 그 노래를 불렀으니 결국 나는 어린 시절 엄마가 내게 준 사랑을 어느 정도 돌려드린 것 같다.

엄마의 무기력은 회복이 안 되었다.

사람들을 아예 안 만나거나 나가지 않고 불 꺼진 방에 누워만 있었다.

마치 산송장처럼.

°감기약
부작용

지금도 생각만 하면 아찔한 사건이 있었다.

고창 보리밭을 보기 위해 엄마를 모시고 갔다. 맛집에 도착해서 식당에 앉았는데 엄마가 갑자기 벌떡 일어나서 그 식당 밥솥에서 본인이 밥을 뜨기 시작하는 것이었다. 다들 놀라서 만류하니 가만히 있지 않고 끊임없이 이상행동을 하셨다.

안 그래도 머리 전이가 그대로 있는 상태이니 머리 이상인 줄 알고 다들 혼비백산했다. 엄마는 제대로 걷지도 못하고 비틀거리며 푹 꼬꾸라졌다. 엄마를 모시고 다시 서울로 오는데 뒷자리에서 갑자기 내 팔을 만지며 "이게 뭐꼬?" 하는데 정말 울고 싶었다.

그러다 잠이 드셨고 내리실 때 비로소 나아졌다. 본인이 감기 기운이 있어서 종합감기약을 종류별로 이것저것 다 드시고 멀미약을 드셨던 것이었다.

작은 해프닝이었지만, 막상 당했을 때는 뇌전이 증상이 나타난 것인 줄 알고 펑펑 울었다. 지금 생각해보니 엄마의 투병 기간 내내 나는 눈물을 달고 살았다.

아기를
돌보듯

　도저히 엄마를 집에 두고 다닐 수가 없어서 결국 나는 엄마를 모시고 다니기로 했다. 큰 차로 바꾸고 내가 어디를 가든지 엄마를 모시고 다녔다. 같이 밥을 먹고 같이 차를 마시거나 내가 강의에 들어가면 강의실 뒤에 앉혀 두고 혹은 차에 그냥 계시기도 하고, 카페서 기다리기도 했다. 마치 아기를 돌보듯 함께 다녔다.

　시간이 지체되면 엄마 걱정에 안절부절못했다. 후다닥 뛰어가면 엄마가 환하게 웃었다. 나만 기다리고 있었다. 돌아오면 화장실과 물부터 챙겨드리며 그렇게 몇 년을 모시고 다녔다. 그렇게 집에 돌아오면 난 정말 기절하듯 잠을 잤다.

　어떻게 지난 시간인지 정말 기억이 나지 않는다. 집에 있는 날은 엄마를 모시고 와서 집에서 함께 지냈다. 곁에서 돌보니 엄마는 조금 안정을 찾고 회복하기 시작했다. 시간이 되면 약을 챙겨 드시게 하고 식사를 챙기고 과일을 드시게 하고 그렇게 중간중간 영양소 섭취를 시키니 체력이 회복되고 어느 정도 암을 극복해 나가는 모습을 다시 보였다. 나는 안심하고 다시 조금씩 일상적인 삶으로 되돌아갔다.

°카톡을 가르치고
폰을 손에 쥐게 하고

엄마에게 카톡을 가르치기 시작했다. 커다란 폰을 사서 카톡을 설치하고 "이건 무조건 배워야 된다"며 가르치기 시작했다. 동생은 도저히 안 되겠다고 두 손 들고 가버렸지만 나는 끊임없이 설명해주었다.

우리 엄마가 드디어 카톡을 하게 되었다. 사진도 보내고 대화도 나눌 정도가 되었다. 오타도 있고 가끔 무슨 말인지 몰라도 엄마는 카톡을 보냈다. 지금 보면 80세 넘으신 분도, 아니 90세 넘으신 분도 카톡을 하는데 우리 엄마는 참 기계치가 맞았다.

카톡을 가르치니 참 편했다.

"먹은 거 찍어서 보내봐. 한번 보자." 하고 내가 집요하게 물으니 혼자 계셔도 식사를 하고 보여주셨다.

그래도 시간은 흘러갔다.

그렇게 또 채워가며….

°엄마의
옷

    엄마는 유독 벨벳을 좋아했다. 특히 겨울 코트는 벨벳으로 만든 것을 좋아했다. 한 벌 사드린 것이 15년이 지나 낡아서 버렸더니 계속 아쉬워하셨다. 병원에 다녀오다가 백화점에 들러 이리저리 둘러보다 엄마 맘에 딱 드는 코트를 발견했다. 엄마의 표정이 화사해졌다. 가격이 참 비쌌다. 세일해서 135만 원이었는데 엄마는 "됐다 비싸다. 얼마 못 입고 죽을 건데… 뭐 하러 사노"라고 했다.

    2012년에 나는 6개월 할부로 그 옷을 사드렸다. 엄마는 "할부 기간 중 나 죽으면 아까워 어쩌노"라며 입고 입고 줄기차게 입고 소매가 낡아서 수리를 했다. 구입한 후 12년이 지났으니 본전을 뽑고도 남았다.

    다른 옷은 정리해도 그 옷은 정리하지 않고 나는 엄마에게 챙겨 드리려고 한다.

    엄마가 제일 좋아한 옷…

우리 엄마 옷…

그 옷 주머니를 뒤져보았다.
항암제 껍데기가 나왔다.

순간 울 뻔했다.
울컥했지만 울지 않았다.

°뇌 전이
전뇌방사선

두려워해도 올 것은 왔다. 사이버나이프를 두 번 해가며 버텼지만 뇌 전이된 것이 자라기 시작했다. 뇌 전이 상태로 그대로 두면 통증도 심하지만 인지장애가 온다고 했다. 폐암은 전이가 무섭다고 하더니 뇌 전이를 계속 겪으니 너무 두려웠다.

담당 의사 선생님은 "열고 수술해보고 싶어요"라고 무표정하게 말했다. 속으로 생각했다.

'자기 일 아니라고 저렇게 말을 하는구나….'

열고 수술하면, 잘못하면 장애가 크다는데 또다시 내게 닥친 결정의 순간이었다. 검사 결과, 뇌에 전이된 암세포가 자라고 있어서 결정을 해야 한다.

사이버나이프는 이제 안 되니 전뇌방사선뿐이다. 엄마는 결국 전뇌방사선을 받게 되었다. 엎친 데 덮친 격으로 전뇌방사선 전주에 엄마는 밤에 화장실을 다녀오시다가 넘어져서 머리에 상처가 났고 팔은 깁스를 했다. 다들 웃음만 나왔다.

"우와 울 엄마 깁스하고 방사선 통 들어가네."

그날도 얼마나 놀랐는지 모른다. 넘어져서 피를 흘리니 동생은 놀라서 난리가 났다. 간병을 한다는 것은 매일 같이 놀라움 속에 살아가는 일이다. 울고 웃으며 그날들이 지나가면서 추억의 시간이 되었다.

전뇌방사선은 후유증이 컸다. 전뇌방사선은 센 항암이었다. 뇌에 전이된 암세포의 크기는 작아졌고 성장은 멈추었다. 뇌 전이를 또 우리는 이겨 냈다. 그러나 그 뒤에 오는 인지장애를 우리는 생각도 못 했다.

암 치료는 하나를 선택하면 하나가 따라왔다.

지금 지나 보니 그랬다.

나는 선택의 순간마다 가슴이 아팠고 그 결과에 눈물을 흘렸으며 너무 힘들었다.

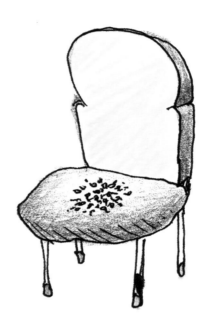

암 치료는 하나를 선택하면 하나가 따라왔다.

지금 지나 보니 그랬다.

°검진 때마다
피가 마르고

한 달에 두세 번은 병원 예약이었다. 일단 폐암 의사 선생님, 항암 의사 선생님, 뇌 전이 의사 선생님, 우울증 의사 선생님 거기다가 어깨 다친 것 때문에 진료를 보는 의사 선생님… 기본이 이 정도에 검사까지 포함하면 계속 병원행이었다. 체혈에 엑스레이는 기본이고 CT, MRI까지….

결과를 기다릴 때는 항상 시험 결과를 받는 학생 같았다. 병원 의자에 앉아서 기다리며 엄마 가방을 들고 있으면 엄마는 검사를 하고 나왔다. 그리고 내게 항상 말했다.

"넌 아프지 마라. 스트레스받지 말고 살아라. 아프니 다 소용없다. 널 위해라."

내가 "엄마는 뭐가 가장 후회돼?"라고 물으니 이렇게 말했다.

"건강 챙기지 못하고 열심히 산 거. 지나 보니 별것 아닌데 속상해했던 거…"

엄마는 소심한 성격이었다. 그래서 항상 속을 끓이며 살았다. '구심'이라는 일본 약을 달고 살았다. 뭐가 그리 속이 상했던 걸까. 마음 상했던 시간이 결국 암을 만든 것이다. 누가 그러더라. "성질을 많이 낸 사람은 심장병, 속 많이 끓인 사람은 폐암에 걸린다"고. 스트레스가 만병의 주범이라는데 나는 엄마가 아픈 과정을 보면서 "정말 스트레스받지 말자." 수천 번을 외쳤다.

지나고 나면 별것도 아닌데… 집착도 욕심도 다 버리면 되는데… 말은 그래도 쉽지 않은 일이다.

˚ 엄마랑 자주
싸우게 되다

어느 정도 시간이 흐르니 엄마가 투병 중이고 소중하다는 감정 보다 가족 모두가 지쳐가기 시작했다. 엄마는 모든 말끝에 "나는 환자잖아"라는 말을 달고 살았고, 우리 자매는 그 말을 들을 때마 다 엄마를 이해하지만, 을이 되는 기분이 들어 참기 힘든 상태가 되었다.

엄마는 점점 사춘기처럼 삐뚤어져 갔다. 안 그러던 사람이 화를 내고 불만도 많아졌다. 내가 집에 가면 동생 편을 들고 나를 거부 하기도 했다. 어색함이 흐르기 시작했다. 뭔가 잘못된 느낌이었다. 엄마의 행동이 도저히 이해되지 않았고 나는 뭘 하는 건가 하는 회 의도 들었다.

엄마는 점점 사춘기처럼

삐뚤어져 갔다.

엄마가
사라졌다

단전호흡을 잘 다니시던 엄마가 하루는 집에 오지를 않았다. 카톡도 확인하지 않고 전화도 받지 않았다. 엄마가 사라진 것이다. 동생과 나는 정말 온 동네를 다 뛰어다녔다.

'만약 이렇게 엄마가 사라지면 나는 어떡하지… 이 일을 어쩌지…'

가끔 실종된 가족 이야기를 듣긴 했지만 심장이 턱 막혔다. 동생과 3시간을 뛰어다녔다.

엄마 폰은 집에 있었고 엄마는 폰을 두고 나갔던 것이다. 그렇게 엄마를 찾아 헤매다 3시간이 지나서 동네 세탁소에서 연락이 왔다. 엄마를 찾았다고. 엄마가 집을 못 찾은 것이었다.

올 것이 왔다. 집 번호도, 호수도, 위치도 기억이 안 났다고 한다. 15년이나 살던 집을 못 찾았다. 내 전화번호도 동생 전화번호도 기억을 못 했다. 너무나 갑자기 그렇게 되었다. 아니, 천천히 오기 시작했는데 우리가 모른 걸까?

언제부터 기억을 잃으신 것일까?

마음이 바빠졌다. 할 일이 많아졌다.

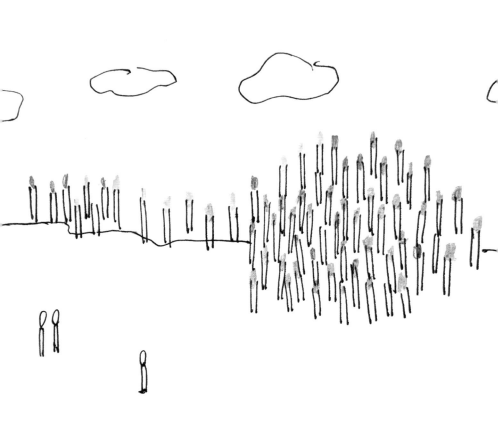

◦ 함께 사는 삶은
쉽지 않았다

엄마 팔목에 이름과 내 전화번호를 넣은 팔찌를 채웠다.

"18K 금이야. 예쁘지? 이제 엄마는 내 꺼란 표시야!"

기분이 너무 이상했다. 그래도 팔찌를 채우고 나니 안심이 되었다. 엄마는 이 팔찌 덕분에 다섯 번이나 집을 찾아왔다. 인식표를 꼭 채워 드려야 한다. 순식간에 발생하는 위험으로부터 지킬 수 있는 인식표.

엄마는 마지막까지 이 팔찌를 차셨고 지금은 내가 내 팔목에 차고 있다. 가장 슬픈 물건이지만 가장 고마운 물건이기에 차고 다닌다.

엄마 짐을 다 정리하고 동생 대신 나와 살기로 했다. 동생이 감당하기엔 너무 버거울 거라 판단했다. 그리고 함께 살다가 하늘로 가시면 동생이 감당하기 너무 힘들 것 같아서 동생은 엄마로부터 떨어져 이별하는 연습을 미리 시켰다.

엄마의 아주 오래된 물건은 정리했다. 진짜 오래된 모든 것들을…. 그때가 2015년이었다. 그때도 우린 엄마가 당장 우리 곁을 떠날 수 있다고 생각했다. 머리 전이에 인지장애가 심해지고 증상이 겹치기 시작하면서 매일 '오늘이 마지막일 수 있다'고 생각하며 살았다. 그래서 제일 좋은 것, 최고는 엄마를 드렸다. '산소에 비싼 과일 드리는 거 의미 없다. 나중에 마음 아프지 말자. 지금 살아계실 때 제일 좋은 거 후회 없이 드리자'라는 맘으로 정말 좋은 걸 드렸다.

엄마의 낡은 옷은 다 버리고 새로 예쁜 것만 샀다. 속옷도 다 버리고 좋은 걸 샀다. 그냥 좋은 것만 드리고 싶었다. 신발도 양말도 좋은 것만 샀다. 하지만 엄마의 도마와 칼은 내가 가졌다. 엄마의 바느질통도 챙겼다. 칼은 내가 유학할 때 본인이 독일서 소중히 사신 쌍둥이칼이고 도마는 구두쇠 울 엄마가 비싸게 주고 산 단풍나무였다.

그렇게 엄마 짐을 정리하고 나는 엄마와 살기 시작했다. 딸과 사위 그리고 장모. 함께 사는 삶은 쉽지 않다, 그것도 아픈 엄마와. 사위는 장모에게 참 잘했다. 내가 도저히 따라 할 수 없을 만큼.

엄마의 아주 오래된 물건은 정리했다.

진짜 오래된 모든 것들을⋯.

°엄마는 새집을
기억하지 못했다

위치와 동호수를 아무리 가르쳐도 엄마는 기억하지 못했다. 엄마는 생각보다 심한 상태였다. 전뇌방사선 후 인지장애가 심했다. 이때 '노인들은 자신이 살던 곳에서는 익숙해서 아는 듯 보이지만 새로운 것을 받아들이는 것은 거의 안 된다는 것'을 알았다.

나는 매일 종이에 호수를 쓰게 하고, 내 전화번호를 외우게 했지만 정말 아무리 해도 안 되었다. 그 사소한 걸 못 해냈다. 다행히 엄마는 자신의 주민번호는 기억했다. 자신의 전화번호는 기억했다. 그러나 새로운 건 입력이 안 된다.

결국 엄마 핸드폰에 내 폰 번호를 크게 적어주고 호수도 적어드렸다. 나갈 때마다 손바닥에 주소를 적어드리고, 옷마다 번호와 호수를 적어드렸다. 종이마다 적어서 가방마다 넣고 맘 같아서는 엄마 손바닥에 문신이라도 새기고 싶었다.

누군가가
필요하다

    엄마를 찾으러 뛰어다니는 일이 많아지면서 이제 혼자 외출은 도저히 안 된다는 생각이 들었다. 그러나 문제는 집에 혼자 두면 문을 열고 나가신다는 것이었다. 또 한 번의 결단이 필요했다. 내가 혼자 할 수 있는 단계를 넘어섰다. 누군가가 필요했다.

    이젠 혼자 감당이 안 된다.
    우리 엄마.

엄마는 기억하지 못했다.
새로운 것을 받아들이는 것은 거의 안 된다는 것을 알았다.

이모님과
함께하다

사람을 구하기로 했다. 집에서 엄마랑 있어 줄…. 도저히 내가 모시고 다닐 수가 없는 상태였다. 일단 차에 혼자 계시다가 문을 열고 사라지면 큰일이었고, 다시 있던 장소로 찾아올 수 있는 능력이 없었다. 엄마가 비틀거리며 걷다가 혼자 넘어지면 큰 사고로 이어질 것 같아서 맘을 먹어야 했다.

사람을 구해야 했다. 수없이 많은 분을 면접 봤다. 좋은 분들도 많았다. 엄마를 위해 기꺼이 여동생처럼 계셔 줄 진짜 좋은 분도 많았다. 엄마의 복이었다. 몇 번의 시행착오 끝에 정말 우리 막내 이모랑 비슷한 이모를 구했다. 또 우리는 안정을 찾았다.

엄마는 이모님과 식사하고, 같이 과일도 먹고, 같이 산책하고, 목욕도 갔다. 나는 두 분을 위해 외식도 시켜드리고 정말 편안한 시간이 흘렀다.

나는 우리 엄마가 언제부터 기억이 끊긴 건지 모른다. 지금 생각해보면 엄마가 나한테 짜증 낸 그 시점부터 이미 엄마는 이상했었다. 난 그것도 모르고 같이 짜증을 냈다. 치매 인지장애가 오면 그건 정상적인 상태가 아닌데 난 그것도 몰랐다.

그렇게 또 시간은 흘러갔다.

°매일 사라지는
엄마의 기억

'이대로 그냥 평화롭게 시간이 흐르나?'라고 생각을 할 때쯤 다시 엄마는 간간이 아프기 시작했다. 갑자기 기운이 없어지거나, 미열이 나거나, 식욕이 없거나…. 그럴 때마다 영양제를 맞으면 또 힘을 내곤 했다. 영양제 맞고 다시 식사하는 반복이 자주 발생했다. 전에 다친 팔을 쓰지 않으니 걷는 것도 불안정해졌다. 팔이 다 아물었는데도 그 팔을 움직이지 않은 채 고정하고 걷다 보니 팔이 그대로 굳어갔다. 균형이 맞지 않으니 계단을 못 내려가고 넘어지기를 반복했고 엄마는 계단을 무서워하게 되었다. 계단 앞에서 갑자기 벌벌 떨며 못 가더니 공포스런 소리를 내기 시작했다.

'아, 우리 엄마가 많이 변했구나.'

갑자기 땅에서 네 발로 기어다녔다. 두 다리로 서지 않고 안정되게 기기 시작했다. 나는 너무 놀라서 그날도 펑펑 울었다. 엄마가 변해갔다. 이모님이 너무 힘들어했다. 엄마를 모시고 산책하는 것이 힘들어졌고, 음식을 잘 못 넘기고 자꾸 흘리게 되었다. 입에 근육이 불편해 야무지게 못 씹고 손을 안 쓰니 숟가락질을 못하고 퇴화 현상이 단계적으로 빠르게 나타났다.

손가락 운동을 위해서 뜨개질을 시키고 초등학생 교재로 숫자 공부부터 성경 필사도 시키며 모든 걸 다 해도 기억은 조금씩 없어지기만 했다. 내가 아무리 아무리 붙들어도 엄마의 기억이 없어지는 속도가 더 빨랐다.

매일 조금씩 허공으로 날아가 버리는 엄마의 기억 그리고 인생이 내 눈에는 보였다.

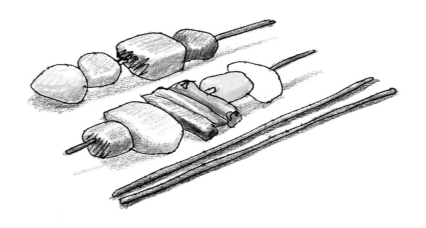

매일 조금씩 허공으로 날아가 버리는 엄마의 기억 그리고 인생이
내 눈에는 보였다.

° 조금씩 잃어가는
엄마의 삶

병원에 자주 왔다 갔다 하면서 엄마는 점점 할 수 있는 것이 없어져 갔다. 나는 엄마를 통해 정말 그 과정을 다 지켜보면서 매일같이 울었다. 오늘은 이만큼 없어진 엄마의 모습에서 울고 또 울고 그렇게 나의 시간도 흘러갔다.

엄마는 손도 안 움직이려고 했다. 다친 팔은 계속 깁스 동작이었고, 의사 선생님이 "아무 이상이 없으니 운동하시라"고 해도 "아아 아" 크게 외치며 절대 움직이지를 않았다. 우리 엄마는 점점 움직이기를 싫어했다. 돌보는 사람 없이는 아무것도 못 하게 되고 정말 시간의 흐름 속에 엄마는 하나씩 놓기 시작했다.

암이 무서운 건지, 뇌 전이가 무서운 건지, 의지력이 없는 건지…. 오랜 투병 생활에서 엄마는 조금씩 단계적으로 많은 걸 놓았다. 맛있는 음식은 먹고, 맛없는 음식은 입에 대지 않아서 결국 콧줄을 연결했다. 음식을 안 먹으니 면역이 떨어져서 어쩔 수가 없었다. 그런데 콧줄을 한 뒤 과일은 또 잘 드셨다. 포도, 딸기, 산딸기, 키위, 바나나 등등 다 잘 드셨다. 특히 무화과를 먹으며 기력을 회복했다.

와병 생활이 길어지니 요로감염도 자주 오게 되었고, 고열이 동반되어 혈압이 떨어지며 위험한 순간을 몇 번 경험했다. 엄마는 젊은 날에도 열이 나면 맥을 못 췄다. 소금에 절인 배추처럼 누워있었는데 의사 표현을 잘 못해도 열이 나면 기력이 없어서 티가 났다. 요로감염이 오면 위급했다. 몇 번 우리는 그 위기를 넘겼다. 그러다 2023년 심하게 요로감염을 겪었고 엄마는 회복이 안 되는 듯했다. 그리고 정말 기적처럼 살아났다.

그러나 그 뒤 엄마는 큰딸만 어렴풋이 기억을 하고 "좋아" 그 말 외엔 할 줄 아는 말이 없어져 버렸다. 그러다가 캠벨 포도를 드시더니 "맛나다" 단어를 기억했다.

이제는 엄마가 할 수 있는 것이 과일 드시는 것뿐이었다. 말도 거의 없이 눈을 감고 있다가 살짝 뜰 뿐이었다. 백내장이 온 듯 계속 눈을 감고 있었다. 눈이 뿌옇지만 수술을 할 수도 없었다. 엄마 눈을 보면 너무 속상했다. 얼마나 답답할까. 그래도 포도를 씨까지 오도독 씹는 모습을 보면 조금 위안이 되었다.

엄마는 요로감염이 반복적으로 왔다. 면역력이 저하되어 이제 감염에 취약해진 것이었다. 엄마가 과일은 잘 드시니 그래도 과일을 사면서 행복했다. 그래도 그럴 수 있으니까. 어버이날도 엄마가 계시니까. 난 엄마가 있으니까. 고급 포도를 사드리면 엄마가 드시니까. 스스로 나 자신에게 어쩌면 위로하고 있었는지 모르겠다. 엄마를 위해 뭐든지 하고 있다는 것에 위로받고 있었던 것이 아닐까.

엄마는 큰딸만 어렴풋이 기억을 하고 "좋아"
그 말 외엔 할 줄 아는 말이 없어져 버렸다.

° 결국
중환자실로

    살아가면서 잊을 수 없는 날들이 몇 번이나 있을까. 나는 2024년 7월 21을 잊을 수가 없다. 20일 토요일부터 엄마가 열이 나고 혈압이 떨어져서 22일 새벽 중환자실로 들어갔다. 몇 번이나 그랬듯이, 언제나 그랬듯이 또 괜찮을 거라 생각했다. 우리 엄마는 기적처럼 나았으니까. 긴 시간 내 곁에서 그랬으니까. 엄마는 내가 이별을 무서워하는 것을 아니까. 우리 엄마는 다 아니까. 날 두고 가지 않을 거라 생각했다.

    나는 2008년 엄마가 처음 암 수술할 때 거의 실신할 듯 울었다. 이건 아니라고. 이렇게 빨리는 안 된다고. 효도할 시간을 달라고. 내가 한이 맺힌다고. 제발 내게 시간을 달라고 울었다. 그런데 이상하게 이번엔 다른 기도가 나왔다. 우리 엄마 고통받는 거 이제는 싫다고.

    엄마는 중환자실에 들어갔고 할 수 있는 모든 치료가 다 동원되었다. 감염이 잡히지 않았다. 투석도 했고 기도삽관도 했고 할 수 있는 모든 걸 다했다. 어떤 약도 듣지 않았다. 조금 나아지다가 조금 나빠지다가를 반복했다.

화상으로 엄마를 보았다. 엄마는 힘겹게 호흡하고 있었다. 손가락 끝이 조금씩 괴사되기 시작했다. 엄마의 호흡을 듣는 내 가슴이 찢어졌다.

"엄마 힘들지. 엄마 힘들지. 이 시간이 길어지면 우리 모두 힘들어."

'계속 이런 치료를 엄마가 원할까?'
'내일은 수혈도 해야 한다는데 엄마가 원할까?'
내가 이런 생각을 한 순간, 엄마가 갑자기 뭔가 탁 놓는 느낌을 곁에 있던 의료진들이 받았다고 한다.

나는 그 전화를 마치고 조용히 택시를 탔다. 위급하면 전화한다고 그때 오라고 했는데 조용히 택시를 탔다.

내가 감당할 수 있을 때까지,
그 시간까지 버텨준 엄마.
그것이 사랑이었다.

3

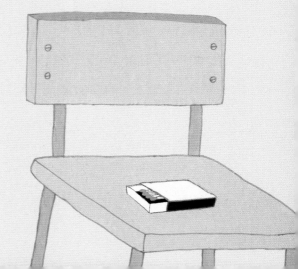

° 하늘로 떠난
엄마

택시를 타고 가는데 전화가 왔다. 병원으로 왔으면 좋겠다고. 난 이미 도착 5분을 남겨 두었다. 살아 있는 엄마를 만났다. 그런데 엄마는 힘겹게 숨만 쉬고 있었다. 엄만 힘들어했다. 온몸에 꽂힌 주삿바늘, 퍼렇게 식어가는 손, 호흡기를 단 입으로 엄마는 말하는 듯했다.

"이제… 보내줘…. 여해야, 이제 날 보내줘. 더 엄마 잡고 있지 마. 난 이제 힘들어. 너가 잡아서 내가 못 하는데. 이젠 엄마도 힘들어. 너 이제 컸잖아. 엄마 놓아줘."

그리고 나는 엄마에게 말했다.

"엄마 고생했어. 우리 자매 잘 지낼게. 둘이 남은 엄마의 자식 잘 지낼게. 내가 잘 돌볼게. 엄마, 내 엄마여서 고마웠어. 그리고 조금 더 지나 만나자. 외할머니, 외할아버지, 외삼촌 있는 그곳에 가서 편히 있어. 고생했어. 더 애쓰지 않아도 돼요. 고생했어요."

그렇게 주삿바늘을 다 떼고 나는 급히 여동생에게 전화를 했다.

그리고 병원 신부님께 전화를 드렸다. 엄마에게는 약 2시간 정도의 시간이 남아 있다고 했다. 동생은 1시간이면 올 테니 넉넉한 시간이었다. 비가 많이 내렸다. 나는 담담하게 앉아 있었다.

'무슨 일이 벌어지고 있는 거지?'
'울면서 살려 달라고, 뭐라도 해달라고 해야 하나?'

엄마 손이 검어지는 걸 보고 나는 생각했다. 엄마를 더 고통스럽게 하지 말자고. 동생을 데리고 올라가니 신부님과 수녀님이 기도를 하고 계셨다. 엄마는 바늘을 다 떼고 조용히 눈을 감고 계셨다. 그러나 영화처럼 많은 숫자들이 움직이고 있었다. 신부님이 기도를 하고 있는데 동생은 그저 손을 잡고 울고 있었다. 나는 계속 실선을 바라보았다. 갑자기, 조용히 선이 움직이지 않는다.

엄마가 하늘로 갔다.
나는 노래 불렀다.
주님의 기도를 ….
울지 않으려고 나지막이 불렀다.
수녀님이 따라 부르셨다.
동생에게 말했다
"엄마 귀 열려 있어. 말해드려."

동생은 엄마를 안고 말했다.

"사랑해, 엄마."

나는 말했다.

"엄마, 고마워."

2024년 7월 22일 월요일 21시 52분 사망선고가 내려졌다.

내겐 종이 한 장이 주어졌다. 사망진단서였다.

엄마의 사위가 사망선고를 하고 사위가 사망진단서에 사인을 했다. 곁에 있던 간호사 선생님도 마음 아파하셨던 그 장면은 잊혀지지가 않는다.

(임종을 지키는 자식이 귀한 세상이 되어 간다고 다들 말했다. 요양병원이나 병원에서 임종을 맞이하다 보니 자식과 마지막을 함께하기가 힘들어진 것이다. 그러나 우리 자매는 엄마에게 마지막 인사를 할 수 있었다. 이 또한 감사드릴 일이란 것을 새삼 다시 느낀다. 지나고 보니 다 감사한 일들뿐이었다. 마지막 기도를 해주신 수녀님이 지금도 내게는 천사처럼 느껴진다.)

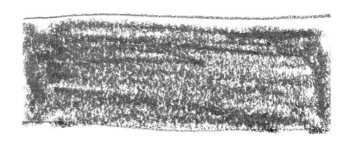

나는 계속 실선을 바라보았다.
갑자기, 조용히 선이 움직이지 않는다.

°장례식장
결정

바로 내려가서 장례식장을 결정해야 했다. 비가 많이 와서 서울 성모까지 엄마를 모시고 가는 것은 아니라는 생각이 들었다. 엄마가 사랑하던 병원, 의정부성모병원에서 장례식을 하기로 결정했다.

영정 사진을 달라고 했다. 동생과 나는 일요일 이상하게 둘이서 엄마 사진을 골랐다. 동생이 그랬다.

"언니 이상해. 엄마, 회복할 수 없을 것 같아."

나는 사실 십여 년 전부터 영정 사진을 준비해 두었는데 동생이 더 예쁜 사진을 내밀었다. 엄마가 환하게 웃는 사진이었다. 나는 그 사진을 내밀었다. 금방 영정 사진을 만들어서 내게 주었다.

그 순간부터 나는 또 많은 결정을 해야 했다. 발인은 언제 할 건지, 장지는 어디인지, 화장터는 어디로 할 것인지, 수의 가격이 천만 원까지인데 어떤 걸 할 건지, 제단의 꽃은 무엇으로 할 것인지, 손님 음식은 무엇으로 결정할 건지, 제사상은 차릴 것인지… 모든 결정이 내게 쏟아졌다. 그렇게 비 오는 일요일 밤, 우리의 장례식장이 결정되고 거기 멍하게 앉아있는데 뭔가 잘 싸여진 것을 싣고 사람들이 지나갔다. 느낌으로 '엄마구나' 싶었다. 그리고 우리 자매를 불렀다.

엄마 얼굴을 확인하라며 보여줬다. 조금 전 엄마가 여기 있었다. 내가 맞다고 하니 보관실에 엄마를 넣었다. 차가운 냉장고에 들어가는 엄마를 멍하게 나는 바라보았다. 조금 전까지 의료 장비로 치료하던 엄마인데 이제 이 차가운 냉장고에 두는구나…. 난 울지 않기 위해서 눈에 힘을 풀고 멍하게 서 있었다. 받아들이기 너무 힘든 상황이었다.

그렇게 첫날이 지났다.
우리는 빗길에 집으로 가서 잠시 눈을 붙이고 짐을 다 싸서 장례식장으로 향했다.

나는 또 많은 결정을 해야 했다.
발인은 언제 할 건지, 장지는 어디인지,
화장터는 어디로 할 것인지,
손님 음식은 무엇으로 결정할 건지, 제사상은 차릴 것인지…
모든 결정이 내게 쏟아졌다.

장례식장에
내가 어울리지 않게 서 있다

장례식장 1호실에 엄마의 영정 사진이 올라가고, 엄마 이름이 올라가고, 내 이름도 올라가고, 국화도 왔다. 텅 빈 장례식장에 앉아 있으니 사람들에게 연락도 안 했다는 사실이 떠올랐다. 그냥 갑자기 연락하기가 싫어졌다. 엄마가 죽었다는 것을 인정하고 싶지 않았다. 그래서 몇몇 사람들에게만 연락드렸다.

"연락 안 해도 올 사람은 오고 연락해도 안 올 사람은 안 온다."

그 말이 맞다. 빗길에 지방서도 올 분은 오시고, 함께 밤을 새워주기 위해 아예 준비해 온 사람도 있었다. 힘든 일을 겪어 보니 정말 고마운 분이 보이더라. 근조화환이 도착하기 시작하고 사람들이 오기 시작하며 장례식장 모습이 갖추어져 갔다.

어설픈 딸은 어설프게 서 있고 엄마도 첨이라 어설프게 영정 사진 속에서 웃고 있었다. 우린 모두 처음 장례식을 치르고 있었다. 신부님도 오시고, 스님도 오시고, 연도도 하고 장례미사도 하며 시간은 흘러갔다.

입관을 한다고 오라고 했다. 입관도 처음이다. 엄마가 누워있다. 새삼 장례지도사분들이 위대하다는 생각이 들었다. 곱게 얼굴도 다듬고, 옷도 깨끗하게 입고 있었다. 나는 가지고 있던 나무 십자가와 묵주를 관에 넣었다. 스카풀라도 목에 걸어 드렸다. 장미로 관을 채웠다. 산 사람인 내가 위로받는 느낌이 든다.

가족들에게 마지막 인사를 하라고 한다. 이제 관을 닫으면 영원히 못 보니까…. 이모들이 울면서 엄마를 쓰다듬는다. 동생도 울면서 엄마를 매만진다. 난 기도를 했다. 이상하게 엄마가 아닌 듯했다. 이미 엄마가 아닌 느낌이 들었다. 엄마가 여기에 있는 것이 아니라는 느낌이 들면서 어쩌면 엄마의 영혼은 이미 하늘로 간 것이 아닐까 생각했다.

'죽음이란 무엇인가.'

수많은 책을 보면서도 답을 못 찾았는데 직접 나는 순간 깨달았다. 죽음은 이동이란 것을…. 엄마는 하늘로 이사 간 것이란 것을…. 갑자기 나는 지금까지 내가 돌보고 있었던 엄마는 어쩌면 육신일 수 있다는 생각이 들었다. 갑자기 차분해졌다.

"엄마, 안녕."

관을 닫고 다시 우리는 나왔다.

죽은 사람은 무섭다고 생각했다. 그런데 하나도 무섭지 않다. 그냥 잠자는 것 같았다. 입관을 보고 나니 엄마랑 나는 다른 세상에 사는 느낌이 든다. 울적하게 돌아서는 우리에게 관에 사인을 하라고 한다. 가끔 아주 가끔 관이 바뀐다고. 동생과 나는 사인을 했다. 동생은 엄마를 위해 그림을 그렸다.

절대 안 바뀌도록⋯.

엄마가 여기에 있는 것이 아니라는 느낌이 들면서
어쩌면 엄마의 영혼은 이미 하늘로 간 것이 아닐까 생각했다.

°엄마가 따뜻한 상자로
돌아오다

　화장터로 이동했다. 죽은 사람은 화장을 하고 산 사람은 기다리며 식당에서 밥을 먹었다. 그 모습이 참 낯설었다. 나는 한 숟가락도 밥이 안 넘어갔다. 식당이 너무 이상했다. 그런데 다들 새벽부터 움직여서 모두 진짜 맛나게 먹었다고 한다.

　칸칸이 대기실이 있고 거기서 불구덩이 관이 들어가는 것을 볼 수 있었다. 불구덩이에 엄마를 넣는다는 것이 너무 말도 안 되지만 매장을 하는 것보다 더 깔끔하다는 생각이 들었다. 오히려 땅에 두고 오는 게 나는 더 슬플 것 같았다.

　사람들은 펑펑 울었다. 관이 불구덩이에 순식간에 빨려 들어갔다. 나는 '엄마, 안녕'이라고 손을 흔들며 인사했다. 한 번 울기 시작하면 눈물이 터질 것 같아서 그냥 계속 기도만 했다. 우리 엄마는 작고 가벼워서인지 금방 끝났다.

내게 따뜻한 상자가 안겨졌다. 엄마를 꼭 안았다. 따뜻했다. 순간 어린 시절 힘든 날 엄마가 나를 안고 토닥여 주던 게 생각이 났다. 왜 그랬는지는 모르겠지만 순간 잠시 포근했다. 큰 관 대신 작은 상자를 받고 버스에 올라탔다. 그리고 상자를 안고 의자에 기댔다.

아무것도 모르고 정신없이 이 순간까지 왔다. 사람들이 없었으면 운구를 할 사람도 없을 뻔했다. 밤새워 함께해준 분들이 갑자기 너무 고맙게 느껴지면서 두고두고 감사해야지 생각했다. 장례식장 귀퉁이에서 함께 밤을 새워준 그분들을 평생 잊지 않아야겠다.

그렇게 생각하다 보니 용인천주교공원묘원에 도착했다. 엄마 손 잡고 자주 오던 곳이다.

내게 따뜻한 상자가 안겨졌다. 엄마를 꼭 안았다.

따뜻했다.

°용인천주교묘원

내 생에 최초로 산 땅이 산소 땅이다. 우리 외가의 선산은 경남 고성인데 산소 관리가 안 되고 있어서 이모들과 다 같이 의논 끝에 외할아버지, 외할머니 산소를 용인천주교묘원으로 옮기고 외삼촌까지 모셨다. 그리고 그 가운데 자리를 엄마 자리로 만들어 두고 엄마와 자주 찾아뵈었다. 엄마는 고성이 아닌 용인에 가까이 있으니 좋아했고 자주 나와 그곳에 앉아서 과일을 드리곤 했다. 그곳을 만든 지 13년 만에 엄마도 그곳으로 가시게 되었다.

그곳에 그토록 그리워하는 엄마의 부모님이 계시고 사랑하는 남동생도 있으니 어쩌면 누워만 지내던 엄마에게 죽음은 슬픔이 아닌 가족을 만나는 기쁨의 길이 아니었을까. 죽음은 이생의 삶을 끝내고 저생에 있는 가족을 만나는 것, 그것이 아닐까.

죽음이 슬픈 것이 아니라 먼저 간 나의 가족들을 만나는 시간이라고 생각하면 그리 슬픈 것도 아니라는 생각이 들었다. 문득 산소

130

를 보니 엄마가 웃는 것처럼 느껴졌다. 자신의 자리를 이제 찾아간 것이 아닐까.

엄마가 나를 사랑해도 엄마는 엄마의 엄마도 사랑할 거니까. 그리고 내가 엄마를 사랑해도 엄마의 엄마인 외할머니도 엄마를 사랑할 거니까. 엄마는 또 다른 사랑을 받기 위해 그리고 주기 위해 이사 간 것이라는 확신이 들었다.

산소를 보니 이상하게 마음이 포근해졌다. 언젠가 엄마를 위해 준비한 곳이다. 2008년 엄마가 아프기 시작할 때부터 준비했던 모든 것들이 하나하나 퍼즐처럼 맞춰지고 나는 주인공이 아닌 조연처럼 그걸 하고 있었다.

장례식이 끝났다.

죽음이 슬픈 것이 아니라
먼저 간 나의 가족들을 만나는 시간이라고 생각하면
그리 슬픈 것도 아니라는 생각이 들었다.

°삼우제

3일 뒤 챙겨보는 시간이다. 미사도 드리고 산소에도 갔다. 옛날 짐승들이 땅을 파헤칠까 봐 다시 가봤다는 삼우제. 얼떨결에 삼우제도 지났다. 그런데 뭔가 너무 허전했다. 뭐라도 해야 할 것 같았다. 성당에서 연미사를 올리고 흥천사에 49재를 부탁드렸다. 뭔가 더 해드리고 싶었다. 갑자기 허전함이 너무 컸다. 영정 사진 앞에 물도 드리고, 커피도 드리고, 포도도 드리고, 블루베리도 드리고, 말도 걸어본다. 그래도 허전했다.

이상하다⋯. 말을 안 해도 살아계실 때 느낌이 아니다. 멀리 여행 가 있는 거라고 위안을 해도 그 느낌이 아니다. 울 것 같아서 떡도 올려봤지만 뭔가 이상하다.

이상하다…. 말을 안 해도 살아계실 때 느낌이 아니다.

멀리 여행 가 있는 거라고 위안을 해도 그 느낌이 아니다.

°흥천사
49재

    돈암동 흥천사에서 49재를 하기로 하고 첫 재를 했다. 영정 사진에 제사상, 밥그릇에 숟가락을 꽉 꽂는데 눈물이 왈칵 나오더라.

    '아, 산 사람이 아니시구나. 입에 포도 한 알 한 알 넣어줄 때 그래도 행복이었구나. 받아서 드실 때 그것이 산 사람이구나.'

    부처님 말씀을 듣다 보니 고개가 숙여지면서 삶과 죽음에 대해 다시 생각하게 되었다. 그래서 49재는 자손이 맘 편해지는 기도가 아닌가 생각이 들었다. 장례식을 치르면서 정신이 없었는데 자식으로서 이렇게 이별하는구나 생각이 들면서 불교의 경건함에 다시 한번 고개 숙이게 되었다. '49일이 지나서 탈상을 하는구나. 그리움이야 남겠지만 그래도 그 시간 애도하는구나' 싶었다.

입에 포도 한 알 한 알 넣어줄 때 그래도 행복이었구나.
받아서 드실 때 그것이 산 사람이구나.

웃고 있는 영정 사진

엄마의 영정 사진 앞에서 인사를 한다.

"다녀올게, 엄마."

"다녀왔어, 엄마."

그런데 잊어지더라. 깜빡하고 인사도 까먹고 나가더라. 살아 있는 엄마에게는 수천 번 인사했었는데 참 이상하다. 엄마가 있다는 게 안 느껴지니 잊고 나가더라. 그런데도 늦게 집에 못 들어가겠고 불을 끄지 못했다. 엄마가 쓸쓸할까 봐.

집에 들어서면 영정 사진이 활짝 웃고 있다. 아플 때 보던 엄마 모습은 잊고 젊은 모습, 내가 기억하는 모습의 엄마가 남았다. 영정 사진을 참 잘 골랐다. 우리 엄마는 이제 내 맘 속에 박제가 되었다.

"엄마!" 하고 크게 부르면 "와?" 하고 답이 들린다.

"엄마, 많이 아팠지?"

"훨훨 날아가니 편한가 봐."

엄마가 얼마나 힘들었을까 생각하니 맘이 아팠다.

엄마가 가시고 나의 시간도 이렇게 하루하루 흘러간다.

°세 번의
꿈

　꿈을 꾸었다. 나는 가끔 아주 정확히 꿈을 꿀 때가 있다. 그런데 7월 들어서서 엄마가 돌아가시기 일주일 전 3번 연속 꿈을 꾸었다. 꿈에 엄마는 나타난 적이 없었기에 연달아 꾼 꿈이 이상했다.

　첫 번째 꿈에서는 엄마가 운전을 했다. 그래서 내가 "엄마 운전을 해?" 하니까 "응, 그래. 운전이 되네"라고 했다. 그다음 꿈은 엄마가 잘 걷는 것이었다. 그래서 "엄마, 이제 걸어?" 하니까 "응, 걸어지네"라고 했다. 세 번째 꿈은 엄마가 비밀번호를 기억해서 누르고 집에 들어갔다. 그래서 "엄마, 번호 기억해?" 하니까 "응, 생각이 나네"라고 했다. 그것이 금요일 꿈이었다. 엄마는 토요일부터 위독했다.

　나는 엄마의 영혼이 금요일에 떠난 것이 아닐까 하고 생각했다. 이미 육신만 남은 것이 아닌가.

아프시다가 훨훨 날아가니 좋았나 보다.
집에 편히 앉아 있으니 좋나 보다.
아프지 않고 이제 다시 자유로우니 좋나 보다.

엄마는 가시기 전 내게 계속 사인을 보냈었다.
지나고 보니 조금씩 사인이 있었다.
50년 같이 산 딸에게 보여주었었다.

그것이 엄마의 사랑이었다

　엄마가 오래 버텨준 건 날 위해서란 걸 알았다. 가시기 전에는 내가 엄마를 잘 돌보고 있고 내가 엄마를 살리고 있다고 생각했다. 맛난 것을 드리며 엄마를 위해 드린다고 생각했다. 그런데… 그게 아니었다. 우리 엄마가 날 사랑해서 버텨준 것이었다. 내가 감당할 수 있을 때까지, 그 시간까지 버텨준 엄마. 그것이 사랑이었다. 딸이 슬퍼하지 않게 엄마는 악착같이 버텨준 것이었다. 내가 다 할 수 있을 때까지, 내가 덜 슬플 때까지….

　엄마에게 수많은 날 무화과를 드리고, 산딸기를 드리고, 엄마랑 수많은 동영상을 찍고, 수많은 사진을 찍을 시간을 내게 준 것이다. 엄마가 준 시간이었다. 내게 준 선물 같은 시간…. 엄마는 그랬다.

　내가 왜 그걸 지금 알았을까.
　내 욕심으로 잡고 있었고 내 욕심으로 엄마가 버텨주길 바랐었다.

딸이 슬퍼하지 않게 엄마는 악착같이 버텨준 것이었다.
내가 다 할 수 있을 때까지, 내가 덜 슬플 때까지….

°엄마의
유언장

장례식도 다 지내고 2재를 한 일요일, 조용히 혼자 엄마의 방에서 엄마의 짐을 꺼냈다. 엄마가 소중하게 보자기에 싼 것을 꺼냈더니 놀랍게도 우리 외할머니 영정 사진이었다.

'엄마가 이걸 간직했구나. 할머니 사진이 엄마에게 젤 소중했구나. 엄마는 외할머니 만나니 좋겠다.'

그리고 책을 꺼냈다. 거기서 난 놀라운 걸 발견했다. 엄마의 유언장이었다. 특히 연명치료 거부 의사를 명확히 밝힌 것을 보고 너무 놀랐다. 우리 엄마는… 내가 힘들지 않길 바랐다. 엄마의 유언장은 깔끔했다.

나는 엄마의 유언장을 보기 전에 엄마가 바라던 대로 장례식을 치렀다. 이미 난 엄마의 마음을 알고 있었구나 싶었다. 할머니 곁에 머물게 했고 장례식도 크게 안 치렀다.

'그래, 내게 엄마는 항상 있었구나…'

우리 엄마는 … 내가 힘들지 않길 바랐다.
엄마의 유언장은 깔끔했다.

°운이 좋아지는
100가지 방법

사실 나는 이 책을 꺼내놓고 엄청 웃었다.

'우리 엄마는 내가 잘되길 바랐었지. 그건 여느 엄마가 가진 소원이기도 하지.'

엄마는 줄까지 그어가며 《운이 좋아지는 100가지 방법》이란 책을 내게 남겼다. 그런데 그 책의 내용이 너무 와닿아서 나는 빙그레 웃었다.

"좋은 운은 좋은 말투와 태도를 통해 만들어진다."

책을 보다 보니 엄마가 가르치고 싶었던 100가지가 다 쓰여 있었다. 그래서 나는 이 책을 엄마의 유언장이라 생각하고 이대로 실천하기로 했다.

'엄마가 날 낳아서 이렇게 키우고 싶었구나….'

엄마의 가르침대로 살기로 생각하니 마음이 참 가벼워졌다. 이렇게 살면 되는 것이었구나 싶어졌다. 우리 엄마는 참 센스쟁이라는 생각이 들었다. 멋쟁이에 센스 있고 감수성이 풍부했던 우리 엄마.

문득 "엄마!" 하고 부르고 싶어진다. 엄마의 죽음은 부르면 답을 할 수 없다는 것이구나. 아무리 발버둥 치고 엄마가 곁에 있다고 최면을 걸어도 곁에 없다.

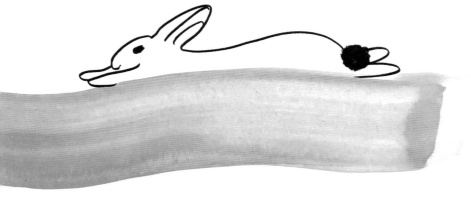

'엄마가 날 낳아서 이렇게 키우고 싶었구나….'

˚엄마 없는
하늘 아래

나이 50이 넘어서 이런 말이 웃기다. 그런데 모두가 이런 말을 한다. 엄마는 나이 80이 되도 그리운 거라고. 엄마는 원래 그리운 것이라고. 왜 그럴까? 엄마가 없다는 것에 왜 다들 슬퍼할까.

'갑자기 지난주는 엄마가 있었는데 이제는 없어졌네. 작년에는 있었는데 올해는 없어졌네' 생각하니 멍해진다. 나의 오늘에는 엄마가 없다. 지금 내가 세상에서 제일 슬픈 건 엄마가 나를 잊고 갔다는 것이다. 엄마가 마지막 가시기 전에는 기억이 많이 없어져서 너무 많은 걸 기억 속에서 지웠다. 엄마는 어떤 것을 기억하고 갔을까.

갑자기 지난주는 엄마가 있었는데 이제는 없어졌네.
작년에는 있었는데 올해는 없어졌네.

˚모두에게
그런 날이 온다

긴 시간이 흘러갔다. 엄마의 투병 시간의 끝은 있었다. 언제 끝날지 모르는 시간들이 계속될 때 사람들은 내게 말했다. 힘들어서 어쩌냐고. 치유가 된다는 확신만 있으면 힘이 들지 않을 텐데 사실 '언젠가 죽음'이라는 끝이 두려웠다. 낫는 것이 아니라 연장일 뿐이었다. 그냥 오늘의 시간을 벌고, 내일의 시간을 벌고, 하루를 벌면서 그 시간이 소중했다. '오늘도 주어졌구나…'라는.

우리에게는 모두 그런 날이 올 것이고 온다.
이별의 날.
마지막이 있기에 오늘이 행복한 날이라는 걸 다들 느끼고 살아가고 있을까.

싸우기에도 아까운 날이다.
누군가에겐….
아니, 우리 엄마에게는 없는 오늘 나는 숨 쉬고 있다. 죽음에 대해 아무리 생각해 봐도 알 수 없는 인생의 가장 큰 숙제라는 생각이 든다. 엄마가 하늘로 가시던 그날이 생생하게 생각이 난다. 영화를 보고 난 뒤 다 기억이 나듯 생생히 그날이 기억이 난다. 아마 내가 죽는 날까지 잊지 못할 것 같다. 내게도 그런 날이 결국 왔다.

엄마가 마지막 말을 남기고 눈을 감는 영화 같은 일은 일어나지 않았다. 작은 엄마의 숨은 순간적으로 멈추었고 그렇게 내가 사는 세상과 엄마는 다른 곳으로 갔다.

˚내가 오늘도
열심히 살아야 하는 건

내 안에 엄마가 있기 때문에 나는 열심히 살아야 한다.
나는 엄마딸이니까.

엄마가 내게 준 것이 참 많다.
나의 신체를 주고 이름을 주고 나의 모든 것을 주고
엄마는 내게 삶과 생을 주었다.
엄마는 날 키워 어른이 되게 해주었고
엄마는 내가 살아갈 수 있게 해주었다.
엄마는 나의 생각의 샘을 만들어 주었고
내가 견딜수 있는 힘을 주었다.
생각해 보니 나는 또 다른 엄마의 삶을 이어가고 있다.
내가 오늘도 열심히 살아야 하는 이유는
나 혼자가 아닌 우리 엄마가 그리고 우리 엄마의 엄마가
그렇게 이어져 오는 생명이기 때문이다.

내가 거울을 보고 웃으면 엄마가 보인다.
내가 말을 하고 있으면 엄마 목소리가 들린다.
내가 웃으면 내 얼굴에서 엄마가 웃던 모습이 보인다.

옛날 사진을 꺼내니 엄마와 내가 웃고 있다.
그 사진에 엄마는 지금의 내 나이다.
나는 젊은 모습이다.

웃고 있다.
둘이 행복하게
우리 엄마와 나.
그렇게 행복하게 웃는 날도 있었다.
엄마와 나의 50년 함께한 시간에 우는 날도 웃는 날도 있었고
나머지 18년은 투병 기간이었지만 우리는 많은 추억이 있다.

언제가 제일 행복했을까.
엄마는 독일서 박사를 받아 귀국한 나를 만나러
인천공항에 꽃을 안고 왔었다.
그날 행복했다고 자주 이야기를 했다.
그리고 내가 첫 강의를 가던 날
교수라는 이름으로 출근하는

딸의 뒷모습을 보고 행복했다고 말했다.
대법원에 출근할 때 퇴근 시간
대법원 정문에서 기다리며 행복했다고 했다.
초등학교 5학년 때 100미터 달리기 1등 하는 딸을 볼 때
행복했다고 했다.

엄마는 내가 첫걸음마를 할 때 너무 행복했다고 했다.
엄마는 내가 올백을 맞았을 때 행복했다고 했다.
엄마는 내가 백일장에서 장원했을 때 행복했다고 했다.
엄마는 내 키가 160센티미터를 넘어갈 때 행복했다고 했다.
엄마는 예쁜 집을 사서 인테리어 할 때 행복했다고 했다.
엄마는 내가 국수를 두 그릇 먹을 때 행복했다고 했다.
엄마는 내가 대학원 입학할 때 행복했다고 했다.

엄마가 그래도 행복했던 날이 많았구나.

우리 엄마가 활짝 웃는다.
코스모스를 보고도 웃었다.
에버랜드 장미를 보고도 웃었다.
우리 엄마는 소갈비를 좋아했다.
우리 엄마는 해삼을 좋아했다.

우리 엄마는 불고기를 좋아했다.
우리 엄마는 국수전골을 좋아했다.
우리 엄마는 냉면을 좋아했다.

엄마는 곁에 없지만 기억은 이렇게 남아있다.

핸드폰에 가득한 엄마의 동영상
핸드폰에 남아있는 엄마의 카톡
핸드폰에 있는 사진

엄마는 내가 슬퍼하길 바라지 않아.
내가 웃길 바라고
내가 잘 살길 바라고
엄마가 바라는 건 나의 행복일 거야.

언젠가 만날 때
그때 또 나는 엄마의 기쁨이 되어야지.
예전처럼.

빛이 되어
빛을 찾아가는 길

엄마가 하늘로 가시고 책을 샀다. 죽음과 관련된 책들이었다. 엄마가 아플 때 처음 책을 샀듯이 엄마가 가시고 나서 다시 책을 샀다.

엄마는 어디로 간 걸까. 담담히 이야기하지만 솔직히 장례식이라는 터널을 지나면서 나는 충격을 받았다. 사망 선언과 동시에 갑자기 엄마는 이 세상 사람이 아니었고 신속하게 주삿바늘 등이 정리가 되고 너무 순식간에 눈앞에서 벌어지는 상황이 감당하기엔 빨랐다.

조금 전까지 모두가 살리기 위해 애썼는데 사망선고와 동시에 얼굴을 덮고 이동이 되는 모습이 정말 받아들이기 너무 힘들었다. 울면 대성통곡을 할 것 같아서 계속 감정을 빼고 바라봐도 힘들었다. 울면 안 될 것 같았다. 슬퍼하면 너무 슬플 것 같아서 애써 안 슬픈 표정으로 "이건 영화일 거야"라고 수없이 되뇌었다.

나는 큰딸이니까 의연하게 처리하는 모습을 보이고 싶었다. 더이상 산 사람이 아니기에 할 수 있는 것이 없었다. 순간이었다. 너무 순간이었다. 화장을 하는 것도 빗자루로 쓸어 담아서 주는 것도 참 슬픈 모습이었다. 조금 전까지 분명 살아 있던 사람이 몇 시간 만에 장례식이 끝나고 입관을 하고 불구덩이 들어간 뒤 가루가 되었다. 불과 몇 시간 만에….

긴 투병의 시간을 견딘 나 자신도 힘든데 갑작스레 사고로 가족을 잃으면 어찌 이걸 견딜까 생각해보게 되었다. 흐르는 눈물이 멈추지 않을 것 같았다. 준비 없는 이별은 더 슬플 것 같았다. 가끔 '암은 준비할 수 있는 이별'이라는 말을 들었는데 제아무리 준비된 이별이라도 슬프다. 슬프지 않은 이별은 없다. 더 이상 못 본다는 것은 슬프다. 그래서 하늘로 간 가족에게 할 말은 딱 하나뿐이다.

"보고 싶다."

가끔 봉안당에 가면 각각 가족들의 글을 읽을 수 있다. 어린 자녀를 하늘에 먼저 보낸 엄마들이 쓴 글은 대부분 똑같다.
"너무 사랑한다. 보고 싶다."
엄마를 보낸 딸들이 쓴 글은 대부분 똑같다.
"엄마 더 잘해줄 걸…. 미안해. 사랑해. 또다시 태어나면 엄마가 내 딸로 태어나. 내가 엄마가 되어 줄게.”

유튜브에서 ‘죽음’이라는 키워드로 검색을 하니 “호스피스 병동”, “죽기 하루 전”, “임종” 등의 영상이 올라와서 하나하나 찾아서 봤다. 슬퍼서 볼 수 없었던 것들을 이제 내가 겪고 나니 담담하게 볼 수 있었다.

이별이 슬픈 건 못 만나기 때문이다….
볼 수 없으니까….
그런데 죽음은 빛이 되어 가는 것이라는 글을 읽으니 갑자기 공감이 되었다. ‘그래, 빛이 된 거다. 산 사람들을 밝히는 것이 죽은 가족들의 소명일지도 몰라’ 하고 생각하니 갑자기 따뜻해졌다.

엄마가 빛이 되었다고 생각하기로 했다.

더 이상 못 본다는 것은 슬프다.
그래서 하늘로 간 가족에게 할 말은 딱 하나뿐이다.

"보고 싶다."

° 죽음을 체험한
사람들의 이야기

　엄마가 어디로 갔는지 알아보고 싶었다. 그래서 책을 사서 읽었다. 임사 체험자들의 글을 모은 책인데 다들 자신의 이야기를 들려주고 있었다. 죽음을 이토록 눈부시고 황홀한 존재라고 표현을 하며 삶이 끝나는 순간 우리가 어디로 가는지 책은 안내하고 있었다. 임사체험과 사후세계에 대한 책은 엄청난 인기가 있었으며 죽음을 두렵지 않게 많은 사람들에게 소개했다.

　죽음은 육체를 남기고 가는 것이고 영혼은 빛이 되어 분리되는 것. 나는 그렇게 책을 해석했다. 때가 되니 병든 육신은 이제 그냥 훨훨 벗어 던진 것이라 믿고 싶다. 그렇게 생각하면 죽음도 두렵지 않고, 긴 잠에 든 것이 아니라 더 편한 자유를 얻는 것이 죽음이 아닐까. 산 자에게는 그리움이지만 죽은 자에겐 자유. 그것을 죽음이라고 나는 스스로 명하고 싶다.

　엄마의 죽음을 나 스스로 이제 가장 아름답게 포장을 하고 있었다. 그래야만 나도 견딜 수 있으니까. 고통이 아니라고 스스로 위안을 하고 있는 나를 발견했고 나는 그대로 나의 인지를 인정하기로 했다. 죽음을 너무 슬퍼하면 진짜 견딜 수가 없으니까. 못 보는 것이 아니라 느끼는 것이라고. 그래서 사라진 것이 아니라 더 가까이 있는 것이라고. 그리움이 아닌 가까이 있으니 충만함이라고 나 스스로 나를 위로하기 시작했다.

엄마의 죽음을 나 스스로 이제 가장 아름답게 포장을 하고 있었다.

그래야만 나도 견딜 수 있으니까.

죽을 권리,
아름답게 죽을 힘

아름답게 죽을 권리 그리고 아름답게 죽을 힘에 관해 많은 생각을 해본 적이 있었다. 죽기 전 내가 나의 죽음을 선택할 수 있다면 축복일까. '웰빙'이라는 말을 참 많이 하더니 이제는 '웰다잉'이 삶의 가장 소중한 말이 되었다. "어떻게 하면 가장 잘 죽을 수 있을까"라는 말을 다들 많이 한다.

결혼식의 주인공은 자신인데 장례식의 주인공은 누구일까? 사실 자신이 살았을 때 알던 사람들과 마지막 인사를 하는 것이 장례식인데 요즘은 자식들의 인맥으로 근조가 들어오는 장례식으로 바뀌었다. 예전에 어떤 사람이 장례식장을 다녀왔는데 내가 물었었다.

"누가 돌아가셨어요?"

그런데 그때 그분이 화들짝 놀라며 말했다.

"아참, 제가 오늘 장례식장 두 군데를 인사 다녔는데 진짜 누가 돌아가셨는지 기억이 안 나요. 꼭 가야 하는 자리라 갔는데…."

황당했다.

　만약 자신이 참석할 수 있는 장례식이 있다면 어떨까? 고인이 하늘 가시기 전 보고 싶은 사람들 다 불러서 인사를 하고 식사를 대접하고 얼굴을 보고 사진을 찍는…. 정말 고인을 배웅하고 싶어하는 이들은 영정 사진에 절을 하는 것보다 마지막 이 모습을 보는 것이 더 좋은 것이 아닌지 문득 그런 생각이 들었다. 물론 준비 없는 이별이 있기에 다 해당되지 않지만 오랜 시간 투병을 하거나 집안의 어른인 경우에는 가능하지 않을까?

　어떻게 하면 잘 아름답게 죽을 수 있는가에 대해 수없는 고민을 해왔었고 지금도 나는 그 일을 꼭 해보고 싶다는 생각을 한다. 암에 걸렸다고 삶이 끝난 것이 아니다. 엄마를 돌보면서 아쉬웠던 점이 너무 많다. 암과 싸우기 위해서는 여러 가지 환경이 갖추어져야 한다. 그 환경은 일단 간병과 이어진다. 특히 인지장애 치매도 이제 국가의 영역이다. 건강하신 분들에게는 일자리를, 아프신 분들에게는 돌봄을 국가가 나서야 할 고령화 시대가 된 것이다. 이 영역은 가족이 감당하기에 너무 벅차다. 고령화 시대에 나이들어 가는 자식이 부모를 간병한다는 것은 정말 힘든 일이다.

　저출산 대책에 많은 사회적 관심을 가지고 있는데 나는 노인의 간병 문제에 이제 사회가 적극 지원하는 시대가 되어야 한다고 생각한다. 그리고 바보 같지만 화장장이 더 많이 만들어져야 한다는 생각이 들었다. 자기가 사는 곳은 10여만 원, 타지역은 100만 원이라는 말은 간단해 보이지만 그 돈도 참 큰돈이다. 화장장이 없어서 안치실에 더 대기를 하고 장례식 날짜를 길게 간다는 것도 사실 아까운 시간들이며 경비가 될 수 있다. 경험해 보니 눈에 보이는 이런 점들이 개선되어야 한다는 생각을 하는 나의 모습을 보면서 "나는 아직 이 상황에서도 사회의 문제점들을 분석하는구나" 싶어 헛웃음이 나왔다.

엄마의 장례식은 예뻤다. 욕심부리지 않아서 참 잘했다는 생각이 든다. 화려하지 않아서 잘했다고 생각했다. 너무 많은 곳에 연락하지 않고 엄마의 유언대로 잘 따랐다. 수의도, 입관식도, 엄마의 산소도 그리고 지금 산소의 꽃들도 이제 평화롭다고 생각한다. 엄마는 이제 안 아프고 평화로울 것이며 외할머니와 함께 즐겁게 이야기를 나눌 것이라 믿는다. 안락사와 존엄사에 대한 학자로서 많은 글을 쓰곤 했지만 막상 이렇게 엄마의 죽음 앞에 그 주제는 참 어려울 것이라는 생각이 들었다.

아름답게 죽을 권리, 누구에게 있는 것일까. 본인일까 가족일까. 본인이 먼저 존엄사를 택해도 가족이 준비가 안 되었다면 어찌해야 할까? 죽음을 겪어 보지 못한 상태에서 얼마나 가볍게 이 주제를 이야기했었는지 잠시 반성도 했다. 죽음은 영원히 어려운 주제일 것이다.

아름답게 죽을 권리, 아프지 않을 권리, 내게 그 권리가 있을까? 우리 엄마는 자신의 그 권리를 나로 인해 방해받은 건 아닐지…. 긴 시간 엄마의 투병 생활을 다시 반성해본다. 나의 이기심이 엄마를 붙들어 둔 것이 아니었기를….

엄마의 장례식은 예뻤다.

욕심부리지 않아서 참 잘했다는 생각이 든다.

화려하지 않아서 잘했다고 생각했다.

°연명의료결정제도

보건복지부에서 국립연명의료관리기관을 만든 것을 나는 엄마가 하늘로 떠나시고 처음 알았다. '인생의 마지막 순간, 당신의 선택을 존중합니다'라는 캐치프레이즈 아래 연명의료결정제도는 존엄한 임종문화가 자리 잡기를 바라며 만든 제도라고 설명하고 있다. 이는 또 다른 삶의 준비이고, 임종을 앞둔 환자의 마지막 선택이라고도 했다. 19세 이상의 성인은 기관에 방문해서 연명의료정보처리시스템에 등록을 하고 나면 효력이 생긴다고 한다. 그러면 사전연명의료의향서 등록증을 우편으로 발급해준단다. 처음 알았다. 이런 제도가 있는 줄….

법을 한다고 하면서도 한 번도 관심이 없었다. 보라매 사건 김할머니 등을 판례로 공부하면서 안락사 등을 시험으로 접하기만 했지 처음 보았다. 중단할 수 있는 연명의료 시술에 심폐소생술 외에 혈액투석, 항암제 투여, 인공호흡기 착용, 체외생명유지술 수혈, 혈압상승제 투여 등이 있다는 것도 처음 알았다. 모든 의료기관이 연명의료 중단 결정 이행을 할 수 없다는 것도 말이다.

나는 엄마의 장례식 후 처음 알게 된 것이 너무 많았다. 엄마의 죽음은 내 평생 처음이니까. 그래서 참 슬프다. 연명의료결정제도를 보면서 엄마의 뒤늦은 유언장을 다시 본다. 또박또박 우리 엄마는 혈액투석 등을 원치 않는다고 써 놓으셨다. 엄마는 이미 준비해 두셨었다. 나보다 나았다, 우리 엄마는…. 딸이 힘들지 않도록… 다 준비했었다, 우리 엄마는….

인생의 마지막 순간,

당신의 선택을 존중합니다.

˚엄마의
사망신고를 하다

　엄마 사망신고를 해야 한다는 것이 스트레스로 다가왔다. 머리에 새치가 갑자기 늘었다. 사망신고를 하면 금융조회를 해볼 수 있다고 한다. 갑자기 무기력증이 몰려왔다. 아무것도 하기 싫고 다 잊고 싶었다. 엄마가 사망했다고 신고하기 싫어졌다. 하루하루 날짜를 미루었다. 내가 해야 될 마지막 숙제였다. 그날은 무엇을 입고 가야 할까.

　2024년 8월 16일, 엄마의 사망신고를 했다. 어디로 가야 할지 생각도 안 하고 주민센터로 갔다. 안내문에 사망신고가 없다. 주저주저하다 기어가는 목소리로 물었다.
　"저 사망신고는 어디서 하나요?"
　알 수 없이 부끄러웠다. 사람들이 꽉 차서 여기저기서 떠들고 있었다. 다들 뭐가 그리 즐거운지 웃고 있는데 나 혼자만 외딴섬에 버려진 것처럼 울먹거리고 있었다.

생각보다 간단했다. 사망확인서 한 장으로 모든 게 처리되었다. 가족관계등록부에 이제 우리 엄마 자리가 어떻게 나올까. 가족관계등록부 한 장을 떼 달라고 하니 사망 처리가 될 때까지는 뗄 수 없다고 한다. 모든 게 멈췄다. 인감도 떼면 안 되고, 엄마 통장에서 돈도 인출이 안 되고, 카드도 쓰면 안 되었다. 아는 이야기들이지만 들으니 그냥 서럽다.

재산조회통합처리 신청도 했다. 별거 없을 거라 생각하지만 그래도 통과의례적인 절차니까. 우체국 생존연금도 가서 알려야 한다. 또 뭘 해야 할까. 우리 엄마가 하늘에 가셨다고 또 어디어디에 이야기를 해야 할까. 아무에게도 말 안 하고 싶은데, 엄마의 부재를….

나는 관공서에 알리고 말았다. 우리 엄마는 이제 서류상으로 어떤 것도 할 수 없다. 지금까지 엄마의 인감도 내가 뗄 수 있었지만 이제 모든 게 멈췄다. 주민등록상에서 엄마가 사라졌다.

슬프다.
벌써 보고 싶다.
죽음이 이런 건가.
아무것도 할 수 없는 것.
아파서 누워있어도 살아 있을 땐 가능했는데….

아무리 부정해도 이것이 죽음이다.

Le bon temps
viendra

갑자기 무기력증이 몰려왔다.
아무것도 하기 싫고 다 잊고 싶었다.

˚천국을 준비할 시간이
남아 있다면

이런 말이 위로가 될지 모르겠다. 산소 준비 꼭 해 두라고 말해 주고 싶다. 너무 성급히 임종 후 구하려면 정신도 없고 고르는 것에 선택지가 줄어든다. 목돈 들어가는 것이 부담되면 든든한 상조회 가입도 도움이 될 것 같다. 우린 바로 그날 정했지만 미리 해둔 사람들은 그것도 괜찮아 보였다.

어색해도 어떤 장례식을 원하는지, 누구에게 연락하길 원하는지, 당사자에게 물어봐 두는 것도 좋다. 나는 한 번도 엄마와 그런 대화를 하지 않았다. 그런데 조금 후회된다. 엄마가 꼭 부르고 싶은 사람은 없는지 물어봐도 좋을 것 같다. 이건 진짜 비밀인데… 나는 우리 엄마에게 아주 오랫동안 기도를 해주시는 남사친을 알고 있었다. 엄마의 남사친은 제일 먼저 장례식장에 와주셨다. 참고맙고 좋았다. 그러니 꼭 부르고 싶은 분의 명단을 적어두는 것도 좋을 것 같다.

엄마가 가져가고 싶은 거, 입관식에 넣어주길 바라는 것을 미리 물어봐도 좋을 것 같다. 지금 후회되는 건 입관식에 가족 사진을 하나 넣어줄 걸 후회가 된다. 평소 좋아하는 묵주 등을 드리는 것도 좋을 것 같다. 엄마의 반지나 귀중품을 미리 나눠서 받는 것도 좋을 것 같다. 우린 그런 걸 하나도 못 챙겼다. 사실은 내가 거부했다. 엄마가 죽는다는 것을 인정하기 싫어서 피했는데 그것도 후회가 된다.

아직 천국을 준비할 시간이 남아 있다면 종교도 권하고 싶다. 각자 어떤 방식이든지 종교가 있으면 마음이 조금 편안해진다. 그리고 드시고 싶은 것을 최대한 다 맞춰드리라고 이야기하고 싶다. 콧줄을 끼고 나면 먹는 것에 제한이 있고 사실 거의 못 드신다. 드실 수 있을 때 마음껏 드리라고 꼭 말해주고 싶다.

그래도 아직 시간이 남았다면 사랑한다고, 고맙다고, 내 엄마라서 좋았다고 꼭 말해주라고 하고 싶다. 그 말은 천 번을 해도 부족한 것 같다. 더 말해줄 걸…. 내일이 항상 있는 줄 알았기에 왜 더 못했을까 후회가 된다.

내일이 항상 있는 줄 알았기에
왜 더 못했을까 후회가 된다.

° 죽음은 내게
커다란 질문을 던졌다

　죽음은 나의 괴로움일까, 죽은 사람의 괴로움일까. 내가 죽음을 지금 이야기하며 엄마를 기억하는 것은 살아 있기 때문이다. '죽음이 무엇인가'라고 물으면 나는 육신이 죽는 것이 죽음이 아니라 죽은 자를 기억하는 사람이 한 명도 살아 있지 않은 것이 죽음이라고 말하고 싶다. 아무도 기억하지 않는 그 순간, 비로소 그 사람은 죽은 것이라고 생각한다.

　그렇다면 어떻게 살까?
　기억해주는 소중한 사람들이 많다면 잘 산 것이 아닐까? 이순신 장군은 죽은 지 몇백 년이 지나도 영화화되고 동상은 광화문광장에 멋지게 서 있다. 그렇다면 죽은 것이 아니다.

　우리 엄마는 내가 그리고 내 동생이 살아 있는 그 순간까지 우리 맘 속에 살아 있는 것이다. 내가 죽고 하늘로 가면 엄마도 나와 함께 가는 것이 아닐까.

어떻게 살아갈까.

좋은 기억이 남도록

좋은 추억이 남도록

그렇게 살아가는 것이 가장 아름다운 삶이자

가장 아름다운 죽음을 위한 첫발이라는 생각이 든다.

죽음은 나의 괴로움일까, 죽은 사람의 괴로움일까.
내가 지금 죽음을 이야기하며 엄마를 기억하는 것은
살아 있기 때문이다.

° 잘 죽는다는 것

사실 이 제목을 쓰고 혼자 일주일을 고민했다. 너무 건방진 제목 같았다. 잘 죽는 게 뭘까?

그래도 조금은 준비할 수 있는 죽음이 남겨진 가족에게도 좋을 것이란 생각이 든다. 갑자기 너무 갑자기 그 사람이 사라져 버리면 남겨진 사람들은 참 힘들 것이란 생각에 그래도 준비 없는 이별보다는 조금은 준비된 이별이 낫지 않을까.

아프지 않고 마지막까지 건강히 살다가 천수가 끝나면 얼마나 좋을까. 우리 엄마의 할머니는 100수를 누리시고 점심 식사를 하신 뒤 오수 중에 하늘에 가셨다. 마지막엔 검은 머리카락이 새로 나와서 손녀들을 놀래키신 분이다.

아직 많은 나이도 아닌 내가 이런 말을 하면 좀 그렇지만, 가족의 사망, 입관, 화장 이 절차가 3일도 안 되는 시간에 이루어지는 것을 보고 나니 살아가면서 그 많은 물건도 소용이 없고 하늘 가기

직전엔 정말 필요한 것이 하나도 없다는 생각이 들었다. 마지막 관에 넣는 것은 겨우 십자가라는 것을 깨달았다. 자신이 좋아하던 십자가. 그것도 금은보화도 아닌 나무 십자가 하나면 되는 것이었다.

　잘 죽는다는 것은 살아 있을 때 많이 나누고 가볍게 사는 것이 아닐까 하는 생각이 들었다. 허무주의가 아니라 오히려 가볍게 나의 삶을 돌아보며 살아갈 수 있는 계기가 되었다. 욕심도 내지 말고, 지금 이 순간에 감사할 수 있는 마음 그것이 잘 죽을 수 있는 한 걸음 한 걸음이 아닐까.

MA NON TROPPO

욕심도 내지 말고, 지금 이 순간에 감사할 수 있는 마음

°엄마의 기억을
따라가며

내가 아주 오랜 시간 숨겨 둔 보물들이 있었다. 그건 엄마가 쓴 나의 육아일기와 엄마랑 나눈 카톡이었다. 엄마가 오랫동안 들고 다녔던 폰을 일부러 켜지 않고 꺼진 채로 두었던 건 훗날 내가 꺼내 보려고 숨겨둔 것이었다. 조용히 충전을 시켜서 폰을 열었다. 엄마가 찍은 136장의 사진이 펼쳐졌다. 온통 꽃 사진이었다.

'엄마도 나랑 같구나…. 우리 집 베란다는 이랬었구나. 우리 집 안방은 이랬었구나.'

엄마랑 살던 옛날 집 사진이 나왔다. 내가 사드렸던 꽃과 화분들, 엄마가 앉아있던 옛날 식탁 사진도 나왔다. 엄마가 잠든 동생의 사진을 찍어두었다. 엄마에겐 막내딸, 잠든 그 아이 사진을 찍었구나.

나랑 나눈 카톡도 열었다. 나는 폰이 바뀌면서 사라졌지만 엄마에겐 그대로 남겨진 카톡들이었다. 하루 종일 나는 엄마의 식사 걱정을 하는 카톡을 보냈다. 엄마의 카톡을 보면 2018년 이미 대화가 횡설수설 했다는 걸 알 수 있다. 왜 이게 이제 보일까. 엄마가 가장 내게 많이 한 말은 "고마운 우리 딸 내 속에 있다. 오래오래 사랑하자. 잘 지내야 해. 우리 딸 잘되게 해주세요. 우리 딸, 밥 먹으면서 내 딸 생각하고 먹는다. 우리 딸, 수고했어요. 우리 딸, 똑똑해요"였다.

엄마가 제일 많이 내게 했던 말이다.
엄마는 내게 항상 고맙다고 했다.

마지막에 무슨 생각을 했을까.
엄마는….

엄마가 제일 많이 내게 했던 말이다.
엄마는 내게 항상 고맙다고 했다.

° 사랑하는 사람에게
이별은 없지

"엄마 나 왔어!"

집에 들어섰다. 나는 여전히 무화과를 샀다. 엄마에게 말을 걸고 산소를 가는 내 생활은 특별히 바뀐 것은 없다.

엄마는 날 지켜주고 있다. 우리 엄마가 너무나 사랑했던 큰딸, 그 딸을 위해 살았던 엄마. 그 엄마가 이제 내 곁에 머물고 있다. 엄마는 내게 말한다.

"너는 내가 사랑하는 큰딸이야. 내 목숨보다 귀한 너를 내가 어찌 낳았을까."

엄마는 그랬다. 엄마와 나 사이에 이별은 없다. 언제나 엄마가 떠날까 겁났던 어린 시절부터 마음속에 있던 나의 큰 두려움이 이제 사라졌다.

나는 언제나 엄마가 떠나는 것이 두려웠다. 아직 내 안에 다섯 살 아기가 있었다. 엄마와 아빠가 심하게 싸운 뒤 엄마는 여동생을 데리고 살기로 하고 아빠는 나를 데리고 살기로 합의를 봤다. 다섯 살의 어린 나는 아빠 손을 잡고 서울로 왔다. 엄마는 울면서 나를 보냈고 나는 우는 엄마를 뒤로한 채 아빠 손을 잡고 걸었다. 아빠는 며칠 뒤 나를 고모가 하시는 식당에 두고 갔다. 그 식당 방 안에서 나는 버려진 아이가 되어 말이 없어졌다. 밥도 먹지 않고 나는 버려진 기분에 울지도 않았다.

외삼촌이 나를 데리러 왔다. 애를 여기 두면 안 된다고 큰소리로 싸우는 걸 지켜봤다. 외삼촌이 내 손을 잡고 부산으로 다시 데리고 갔다. 엄마를 만났다. 자세한 기억은 전혀 나지 않지만 나의 그 며칠은 두려움과 공포였다. 엄마가 날 버렸다는, 엄마 없는 아이가 되어 남의 집에 있던 그 기억은 나를 두렵게 만들었다.

훗날 알게 된 건 날 아빠가 데려간 뒤 엄마가 밥을 먹지 않고 병에 걸려 외삼촌이 날 찾으러 온 것이었는데 난 그래도 엄마가 원망스러웠다. 다섯 살의 그 기억은 아주 오랫동안 날 아프게 했고 문득문득 엄마가 없어지는 공포에 시달렸다. 커서도 자주 아픈 엄마를 보며 두려웠고 초등학교 들어가면서부터는 "엄마가 죽으면 좋겠니?"라는 말에 꼼짝도 못하고 나는 엄마 말을 들었다.

엄마를 기쁘게 하기 위해서 공부를 잘했고, 백일장에서 상을 받고, 달리기를 하고, 운동을 하며 엄마가 원하는 그 모습 그대로 나는 커갔다, 버려지고 싶지 않아서. 다섯 살 아이의 두려움은 엄마를 위해 열심히 살아가는 엄마의 완벽한 큰딸로 자라게 했다. 엄마가 원하는 것을 다 해드리고 싶었고 나는 엄마가 속상해하지 않는 것을 기뻐했다.

어느 날 나는 없었고 엄마의 안타까운 인생을 채워 드리는 기쁨에 살고 있었다. 그것이 행복이었으니까. 그런데 그 엄마가 암에 걸리고 투병을 하고 인지장애 치매가 오는 그 과정을 견디며 성장통을 겪었다. 나는 견디고 견디며 성장했다.

엄마를 위해 살아간다고 생각했는데 그게 아니었다. 엄마는 내가 다칠까 봐 항상 길을 만들어준 것이었다. 나는 그 길을 가면서 엄마를 위해 간다고 생각했던 것이다. 거울 속에 나를 보고 빙긋 웃어준다. 내가 웃지만 엄마가 웃는 것 같다. 그렇게 자식 잘되길 바라는 엄마의 기도와 마음을 따라 내 나이가 50을 넘어섰다.

사랑하는 사람에게 이별은 없다. 내가 두려워했던 이별은 없었던 것이다. 다섯 살 아이를 보냈다. 내가 생각하고 두려워해왔던 이별은 원래 없는 것이었는데… 이제 깨달았지만 아마 그것도 때가 되었기에 지금 깨달은 것이겠지. 울고 있던 다섯 살의 어린 여해에게도 이별을 고했다.

나는 이제 엄마와 산 50년 대신 엄마 없는 남은 삶을 살아야 한다. 이별은 없지만 그리움은 있고 보고 싶은 마음은 있겠지. 다만, 이별이 아닌 것이지.

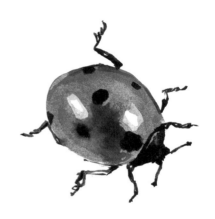

나는 언제나 엄마가 떠나는 것이 두려웠다.

아직 내 안에 다섯 살 아이가 있었다.

꽃을
바치다

　나는 매주 월요일에 꽃을 산다. 그런데 참 이상하게도 엄마가 하늘로 가시기 일주일 전 나는 하얀 장미를 한아름 샀다. 온통 하얀 장미로 사무실을 꾸몄다. 평생 처음 하얀 장미를 가득 샀다. 지나고 보니 엄마 가시는 길을 미리 꽃길로 만든 것 같다.

　치매는 아직도 약이 없다. 치매가 완치가 되고 나아졌다는 것을 아직은 주변에서 못 봤다. 조금 더디고 조금 미룰 수는 있지만…. 암도 완치가 되고 다른 병도 완치가 거의 다 되지만 치매는 참 슬픈 병이다. 가족이 되어 겪어 보지 않으면 도저히 공감이 가지 않는. 우리 엄마는 그래도 예쁜 치매 할머니였다. 예의도 발랐다. 하지만 난 그것이 더 맘이 아팠다. 다른 분들은 평생을 참고 살면 치매 후 성격이 나빠진다는데….

　내가 잘 아는 목사님의 어머니가 계셨다. 그분은 평생 꼿꼿하게 아들을 키워서 목사님을 만들고 목사님의 어머니로 수많은 손님의 식사를 준비한 분이셨다. 그런데 치매가 오기 시작할 때 제일 먼저 보인 증상이 집에 오는 손님들에게 짜증을 내고 음식을 주지 않았다고 한다. 평생 그게 가장 큰 스트레스로 자리를 잡았고 본인이 기억을 잃어가기 시작할 때 오시는 손님들이 귀찮아진 것 같다고 사람들이 이야기를 전했다.

우리 엄마는 짜증도 안 냈다. 다만, 말을 하지 않고 눈을 감고 있었다. 그냥 자신의 그런 모습을 보여주기 싫다는 듯. 돌봐주시던 이모님이 전해준 이야기로는 "네가 날 잘 돌봐야지. 난 아무것도 하기 싫어"라는 말을 자주 했다고 한다. 그 말을 생각해보면 그냥 부지런히 열심히 살아온 시간이 싫어서 돌봐주는 것이 좋았나 싶기도 하다.

엄마의 기억이 조각조각 없어지는 과정을 지켜보는 것은 가족으로서, 딸로서 참 힘들었다. 처음엔 이해도 안 가고 화가 났었다. 집을 못 찾을 때는 겁이 났다. 이러다 엄마를 잃어버려서 내가 엄마랑 이별을 한다면 나는 어찌 살아갈 수 있을까 하는…. 그러다 받아들일 때에는 내게 엄마는 작은 아기 같은 존재였다. 화를 내지도 않고, 엄마에게 하소연도 하지 않고, 나는 무조건적인 사랑을 엄마에게 주고 있었다. 마치 내가 처음 태어났을 때 우리 엄마가 날 돌보았듯이. 키운 그 시간만큼 갚아드린 느낌이 든다. 아기 때 엄마가 나에게 들인 정성만큼은 못 따라가겠지만…. 우리 이모가 그랬다.

"아기를 키울 땐 예쁘고 똥도 냄새가 안 나. 그런데 노인을 돌보면 예쁘지도 않고 냄새도 나지. 그래서 부모가 자식 키운 거 고생했어도 자식이 부모 돌보는 고생이 더 커."

생각해보면 사람들은 내일을 모른 채 서로 서운해하고 싸우고 맘 아파한다. 죽음이라는 시간은 누구나에게 오고 아무리 사랑해도 죽음은 사람과의 사이를 갈라놓는다. 언젠가… 이별이 온다고 생각한다면 지금이 참 소중할 텐데 우리는 잊고 산다. 영원할 것 같고 이 시간이 내일도 올 것 같으니까. 내가 엄마에게 뭘 못 해준 게 있을까 하고 돌아보니 귀 더 가까이 가서 "사랑한다"는 말을 못 해준 것 같다. 귀가 끝까지 열려 있다고 알고 있었는데….

우리 엄마는 짜증도 안 냈다.

다만, 말을 하지 않고 눈을 감고 있었다.

그냥 자신의 그런 모습을 보여주기 싫다는 듯.

°누군가에게 들려주고
싶었던 이야기

  나는 왜 이 책을 쓰고 싶었을까. 엄마의 장례식을 치르고 바로
이 책을 쓰기 시작했다. 방학이기에 시간도 있었지만, 나의 기억이
잊혀지기 전에 그리고 내 생각이 바뀌기 전에 써두고 싶었다.

  엄마를 돌보며 매일 생각했다. 나와 같은 고통을 겪는 모든 가족
들을 위로하고 싶다고. 그들과 나누고 싶은 이야기라고. 이 세상의
암으로 투병하거나 치매 가족을 돌보는 또는 가족을 하늘로 보낸
누군가에게 위로를 주고 싶었다.

  "너만 힘든 거 아니야. 너만 겪는 고난이 아니야. 너만 아픈 거
아니야. 우린 누구나 다 아프고 힘들어. 나 역시 내가 이런 일을 겪
을 거라고 생각해본 적도 없고 예상도 안 했기에 외롭고 힘들었지
만… 넌 힘내"라고 말해주고 싶었다.

  나는 너무 힘들었다. 그때그때 내가 받는 그 고통과 상처 그리고

힘든 무게는 뭐라 표현할 수가 없었다. 많은 사람들이 부모의 치매로 힘들어하는데도 다들 힘든 것을 표현을 잘 안 했다. 불효가 될까 봐. 그리고 부모 흉이 될까 봐. 그러나 생각보다 많은 사람들이 견디고 있었다. 다들 말을 안 했지만 가슴속까지 울고 있었다.

　암 진단을 받았을 때 그리고 치료하면서 과정을 다들 두려워하지만 자세히 알지 못한다. 알려주고 싶었다. 엄마를 하늘로 보내는 과정이 얼마나 서글픈지 이야기해주고 싶었다. 세상에서 제일 아름다운 위로는 공감이다. 공감은 알아야 가능한 것이다. 이 책을 통해 나는 공감하고 싶었다. 이제 고령화 사회이기에 죽음과 간병에 대해 함께 나누어야 한다.

　내 가족이 치매일 때 나의 문제가 아니라 사회가 함께 안아야 한다. 인생에서 가족의 치매를 돌보는 일이 시작되면 보호자의 인생도 함께 힘들어지는 것이 아니라 제도 안에서 돌봄이 이루어져야 하는 노령화 사회의 우리 구성원의 숙제인 것이다. 그 마중물이 되고 싶었다. 그 위로가 되고 싶었다. 공감을 하고 싶었다. 그리고…나의 아픔과 눈물이 씨앗이 되길 바라는 마음으로 책을 썼다.

　치매 가족을 둔
　그리고 아픈 가족을 둔

그리고 부모를 하늘에 보낸

모든 딸과 아들에게 토닥토닥을 보낸다.

아직 하늘이사를 준비하는 이들에게도 알려주고 싶었다.

토닥토닥… 고생했어.

토닥토닥… 괜찮아… 넌 최선을 다했어.

토닥토닥… 쓰담쓰담…

아직 어린 시절 아픈 아기의 맘을 가진 우리 모두에게….

˚ 추억여행을
마치며

이 책은 엄마를 돌보는 과정에서 함께한 모든 이에게 바친다.

엄마를 지켜주셨음에 감사하며….

함께한 가족들 그리고 이모들, 돌봐준 간병인들,

신부님, 수녀님 그리고 스님들까지.

엄마를 위해 기도해 주신 분들.

대모님과 나의 대녀,

장례식장을 지켜준 분들,

아기를 안고 산소까지 직접 가주신 그분

한 분 한 분 손잡고 감사를 드리는 대신 이 책으로 갈음한다.

엄마의 모든 치료에 함께해주셨던

서울성모병원 의사 선생님들과

마지막 의정부성모병원 중환자실 의료진

그리고 마지막 우리 엄마의 손을 잡아준 그분께, 감사를….

° 엄마의 모든 것을
정리하다

50일이 지나고 탈상을 하고 동생과 나는 엄마의 모든 것을 정리하기 위해 힘을 냈다. 작은 예금통장과 세 개의 보험. 엄마는 동생을 위해 작은 보험을 하나 들어두었는데 그것도 절차가 복잡했다. 200만 원과 500만 원의 사망보험금이 작은 보험에서 나오게 되었다. 부의금 들어온 것 등도 정리했다.

동생과 의논하여 나는 동생의 오래된 차를 바꾸기로 마음을 먹었다. 그리고 그 차에 '마망'이라는 이름을 주었다. 엄마가 되었다. 동생의 출퇴근길을 지켜줄 거라 믿는다. 동생은 항상 엄마와 함께할 거다. 길을 걸어도 엄마의 목소리가 들리고 엄마의 당부는 나를 지켜준다.

상속의 절차는 까다롭고 슬프고 복잡했지만, 모든 걸 정리해서 차곡차곡 나의 가슴과 내 동생의 가슴에 정리하는 것이라 우리는 생각했다.

"엄마, 잘 가요"가 아닌

"엄마, 안녕."

"엄마 새롭게 우리 만나자."

"안녕…."

엄마가 내게
남긴 것들

2024년 11월 27일 첫눈이 펑펑 내렸다. 새벽에 갑자기 눈이 떠져 창을 보니 세상이 트리나무로 변하고 펑펑펑 눈이 내리고 있었다.

애써 외면했던 엄마의 메일을 다시 열었다. 몇 개 읽다가 슬픔에 빠지기 싫어서 멈추었던 메일함. 눈에 안 보이던 것이 바로 보였다.

엄마가 건강보험공단에 응모했던 글을 발견했다. 내게 접수해 달라고 보낸 글이었다.

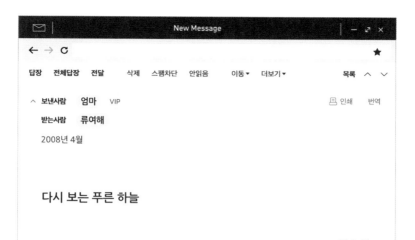

다시 보는 푸른 하늘

정숙이

2008년 4월 어느 하루 나는 입원을 하였다.

아무런 예고도 없이 덜컥 입원을 하고 수술을 하고, 중병환자가 되어 한 발짝도 비껴설 수 없는 현실 앞에서 내 몸은 병원 침대 위에 눕혀졌다. 평화롭던 가족의 일상은 뒤죽박죽이 되어 버렸다. 며칠 전까지 건강한 사람으로 살았는데 꼼짝없이 낯선 고통 속에 누워 있는 나. 고통이 너무 힘겨워서 나는 아무것도 생각할 수가 없었다. 행여 어미를 잃지나 않을까? 겁내는 딸아이들. 날마다 울고 다니는 다 큰 딸아이들의 굵은 눈물이 아슴푸레하게 보일 뿐이었다. 그렇게도 아득하게 생각되던 삶과 죽음의 사이가 너무도 가까운 것으로 생각되었다.

시간이 지나니 나는 의외로 담담해져 가고 있었다. 작은아이는 나의 병간호를 위하여 1년 휴직에 들어갔다. 유학에서 돌아온 지 얼마 되지 않은 큰아이는 귀국의 기쁨을 누리기 전에 병원과 직장을 오가느라 눈이 쑤욱 들어가 있었다.

2008년 1월은 내 생애 참 행복한 달이었다. 독일에서 4년을 유학하던 큰애가 학위를 안고 집으로 돌아온 달이다. 4년 동안 아침, 저녁으로 국제 전화에 매달려 소식을 전하던 우리는 다시 함께 만났고 나는 땀과 눈물로 획득한 딸아이의 학위를 비단 보자기에 싸며 행복해했다. 다른 해 같으면 '국민건강 검진표'를 받으면 바로 병원으로 갔는데 지난해는 딸아이의 귀국으로 뒤로 미루며 서랍 속에 넣었다. 검진 기간도 넉넉하고 딸아이를 위해 해줄 것이 너무 많았다. 그동안 못 먹이던 것도 해 먹이고 함께 손잡고 이곳저곳 여행도 갔다. 그렇게 시간이 지나고 4월에 넣어 두었던 건강 검진표를 꺼내어 집에서 가까운 병원으로 갔다. 검진 내역서는 약 10일 후 집으로 송부되어 오는 것이다. 그런데 그날은 내과에서 나를 불렀다. 나의 엑스레이를 말없이 들여다보고 있던 선생님이 CT를 한번 찍어 보자고 했다. CT와 초음파까지 찍고 선생님 앞에 다시 앉았다. 선생님은 소견서를 써줄 테니 큰 병원으로 한번 가 보라고 했다. 뭐가 많이 안 좋으냐고 묻는 내게 선생님은 한마디 말도 없었다.

집으로 돌아온 나는 아이들에게 아무 말도 못 하고 소견서를 몰래 감추었다. 다음 날 근처 서울 가톨릭대학교 성모병원 흉부외과를 찾았다. 그곳에서 다시 검사를 하고 선생님을 만났다. 선생님은 낮은 목소리로 내게 "폐암입니다"라고 말했다. 나는 어이가 없었다. 담배도 술도 전혀 못 하는 내가 폐암이라니…. 영화나 드라마 속에서 고통스레 죽어 가던 폐암 환자들. 유명 코미디언이 힘겹게 산소 호흡기를 꼽고 일그러진 얼굴로 금연을 외치던 모습이 크게 떠올랐다.

4월 17일 폐를 일부 잘라내는 수술에 들어갔다. 이미 종양은 임파선을 타고 오르고 있었다. 폐암 2기라고 했다. 선생님은 내게 조기 발견을 하여 운이 좋은 사람이라고 했다. 등 뒤에 기다랗게 수술 자국을 얻고 수많은 주사를 맞으며 2주일이 지났다. 상처가 거의 아물어 갈 무렵 항암 치료에 들어갔다. 항암 치료를 위해 가방을 썼다가 풀었다가 하면서 입원과 퇴원을 되풀이하였다. 나는 암 환자가 되었고 아이들은 울며 다녔다. 뒤늦게 형제들과 친척들이 찾아오고 나는 금방 죽을지도 모르는 사람이 되어 누워 있었다. 소변을 계속 체크하라는데 항암으로 인하여 흑갈색의 소변이 나왔다. 소변을 볼 때마다 나는 구토를 했다. 병원 화장실에 들어가서 구토하고, 나중에는 병원 밥그릇만 봐도 구토, 밥을 먹으면서 구토, 음식만 쳐다보아도 구토를 했다. 도저히 견딜 수도 없고 살 수도 없을 것 같았다. 나의 내장을 있는 대로 쏟아내는 듯 구토를 했다. 나는 지쳐가고 있었다. 이 고통을 떠나 차라리 죽음을 선택하고 싶었다. 문득 내가 정리하고 가야 할 것들을 생각해 보았다. 정리하고 가야 할 일들은 그리 많지 않았으며 두고 가야 할 것은 내게 소중한 두 아이뿐이었다. 미혼인 아이들을 두고 지금 내가 작별을 한다는 것은 너무 잔인한 일이 아닌가?

병상의 하루는 아프고, 무섭고, 두려웠다. 고개 숙인 나는 내 시선을 들어 올릴 힘도 없었다. 휴직 중인 작은아이는 무엇을 찾아내어 하나라도 더 먹이려고 안간힘을 하며 이것저것 만들고, 먹을 것을 사다 나르고 했지만 나는 좀체로 먹질 못하고 버리기의 반복이었다. 몸무게가 줄어들면 항암주사를 맞을 수 없다니 온통 먹기 위한 사투를 벌였다. 딸애는 어렵게 기억해 낸 음식점의 물김치를 구하러 갔다. 그곳은 가끔 딸아이랑 가서 비빔밥과 물김치를 맛있게 먹던 집이었다. 언니가 임신을 해서 이 집 물김치를 찾는다고 거짓말을 하고 물김치를 얻어 왔다. 나는 그 물김치로 밥을 삼켰다. 밥 한 숟갈이라도 더 먹이려는 딸아이와 더는 못 먹겠다고 버티는 나와의 전쟁은 치열했다. 나이 먹은 어미가 딸아이 앞에서 눈물을 떨구며 더 먹을 수 없다고 애원했다. 부산에서 음식 솜씨 좋은 내 친구가 만들어 보낸 밑반찬도 소용없이 구토를 했다.

항암 2차를 시작할 무렵 아침에 눈을 뜬 나는 손으로 머리카락을 쓸어 올렸다. 손가락 사이로 나의 머리카락이 뭉턱 빠졌다. 뭉턱, 뭉턱… 베개 위에 착 달라붙는 내 머리카락들. 힘없이 몇 가닥씩 붙어 있는 내 머리카락을 딸아이가 가위로 삭발을 해 주었다. 무서운 항암주사. 구토로 사람을 힘겹게 하더니 머리조차 다 앗아가 버렸다. 눈썹도 빠지고, 속눈썹도 빠졌다. 어린 날, 돌담집 담벼락에 웅크리고 앉아 있던 나병환자의 눈썹 없던 얼굴이 생각났다. 아이가 색깔별로 세 개의 모자를 사왔다. 나는 평소에 모자 쓰는 것을 좋아하지 않는 사람이었지만 모자를 쓰고 여름을 지나가고 있었다. 모자 아래로 굵은 땀이 줄줄 흘러내렸다. 3차, 4차 힘들고 처절했던 항암을 끝내고 나는 새 생명을 얻었다. 신은 '인간에게 견딜 수 있는 만큼의 고통을 준다'고 했다. 그 깊은 고통은 견딜 수 있는 만큼의 고통이었다.

쏟아져 내리는 아침 햇살. 아침 신문을 내 손으로 주워 들고 들어오는 기쁨도 얻었다. 나는 예전처럼 화분에 물을 흠뻑 주고 창밖을 바라본다. 빨간 잠자리가 수없이 날고 있었다. 살아 있는 것들의 퍼득임이 힘차고 아름다웠다. 너무도 익숙했던 일상들과의 만남이 쭈뼛거리며 어색하기도 했다. 그 두렵고 힘겨웠던 날도 지나고 1년 5개월이 지나가고 있다. 날마다 항암약을 먹고 선생님의 관리를 받으며….

딸아이의 손을 잡고 산책길에 나선다. 얼굴을 스치는 바람결. 서로 마주 보며 말없이 웃는다. 빨간 웃옷을 입은 소녀가 자전거를 타고 지나간다. 키가 큰 남자가 흠뻑 땀에 젖어 달리기를 한다. 이파리가 무성한 나무도 바라보고, 고개 숙여 키 작은 들꽃도 들여다보았다. 바람도 마셨다. 햇빛도 마셨다. 어느 것 하나 소중하지 않은 것이 없었다. 내 곁에서 걷고 있는 딸아이의 하얀 티셔츠가 햇빛에 눈이 부시게 하얗다.

가을이 오는 하늘에는 구름이 참 예쁘다. 다시 얻을 수 있었던 나의 생명에 감사한다.

모두가 내게 물었다 어떻게 알게 되었느냐고? 난 건강했고 아무 증세도 없었는데 '국민건강검진'에서 알게 되었다고 했다. 조기 발견의 기회를 주신 '국민건강보험공단'에 머리 숙여 감사드린다.

정말 우연히 엄마의 글을 다시 읽었다. 애써 잊고 싶었다. 엄마가 가시고 49일 그리고 100일까지 날짜를 세다가 멈췄다. 더 이상 엄마가 가셨다는 것을 생각하고 싶지 않았다. 애써 부정의 단계에서 많은 일들을 처리했다. 엄마의 모든 서류가 정리되고 엄마의 물건들도 정리되고 물론 문득 밀려오는 슬픔은 실성한 듯 나를 울렸지만 그래도 잘 버티고 살았다.

다시 두서없이 규칙도 없이 엄마가 보냈던 메일함을 열어 보기 시작했다. 내가 몰래 숨겨 둔 보석함 같은 엄마의 메일함. '엄마 편지'로 저장된 폴더. 그땐 몰랐지만 지금은 내게 남은 소중한 엄마를 만나는 공간이다.

조심스레 나는 새벽 이렇게 엄마를 또 만났다. 엄마를 애써 잊고 싶었다. 그런데도 엄마는 하얀 눈과 함께 왔다. 엄마의 메일을 조심스레 읽어 본다.

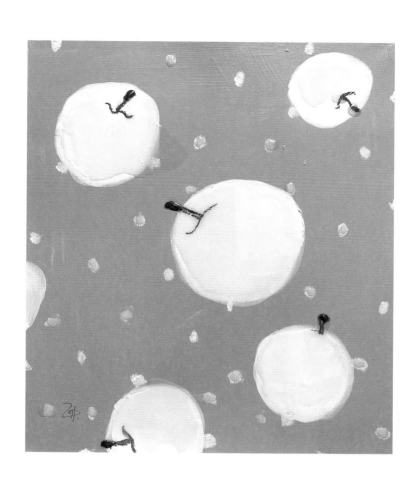

엄마는 하얀 눈과 함께 왔다.

다시 또 시간이 왔다.

우리를 나누어 놓는 시간.

아침 짐 싸는 너에게 이젠 울지 말고, 공부해라.

못 견딘다는 말 안 들어줄 거다. 힘주어 해 놓고 속으로 기막혔다.

다 큰 아이 마음 씀이 나보다 백 배나 가득한 아이에게

내가 무슨 말을 하다니.

여해야!

내일이면 너는 떠나고, 나는 울지 않으려고 애쓰는데 또 눈물이 난다.

못할 짓이다. 집이라고, 어미가 있다고 달려온 집.

행여 서운한 건 없었니? 행여 아쉬운 건 없었니?

살아야지. 모질게 마음먹고 기다려야지.

내일 네가 떠나는 시간부터 손꼽아 기다리며 살겠지.

구석구석 이리저리 살피고, 마음 쓰고 떠나는 너. 고맙다.

여해야!

지금 생각하니 이 엄마는 이 세상에 태어나서 너 같은 딸을 낳았다는 하나만으로 감사하고 떠날 수 있을 것 같다. 정말이다.

무엇하나 더 욕심 안 부려도….

여해야!

너는 너 아닌 사람에게 너무 신경을 많이 쓴다.

이제 가면 정말 좀 버리고 살거라.

그래야 너가 살고, 너가 잘된다. 알겠지?

이제 너의 시간들이 많이 바빠지겠지?

건강 유의하고 용이 되어 돌아오너라.

부탁한다. 간곡하게. 넌 할 수 있는 사람이기에….

건강 지키며 잘 지내거라.

사랑하는 내 딸아.

엄마에게 나는 참 소중한 딸이었다.

우리 엄마의 응원과 지킴은 나를 견디게 해준 것이고.

"사랑하는 내딸아"라고 불러주는 엄마가 참 그립다.

"사랑하는 내딸아"라고 불러주는

엄마가 참 그립다.

인삼 두 뿌리.

너 가기 전 우유에 갈아 먹이려고 신문지에 싸 둔거 그리도 애타게 찾다가 찾지 못하고 원수 같은 인삼 애 가고 나면 어디선가 삐질거리고 나오리라 했는데 오늘 냉장고 청소하니 밑에 야채 박스에서 미안해하는구나. 아니지, 내가 잘못 놔 둔 죄지.

오늘 오래된 냄비 다 버리고 새 냄비 넣어두니 환하네.

하얀 에이포 용지 깔고.

새것, 비싼 건 역시 좋은 거다.

너의 시대는 더 좋은 거 나오리라 생각하고

그냥 안 아끼고 쓰기로 했다.

오늘 예지도 너에게 편지 써서 나보고 주소 써 보내라 하네.

형제애. 그 사랑도 엄청난 건데. 우리 형제들이 보기 좋네.

니네들 둘이 다정하니.

214

예지도 조금씩 너를, 너 마음을 닮아 가나 봐.

오늘은 조금 덜 더워서 청소도 하고 빨래도 삶고 그랬다.

혼자 먹는 밥은 세상에서 제일 쓸쓸한 밥상이지.

그러나 그 외로운 날이 지나야 기쁨의 날을 맞이한다 생각하고

기운 내서 먹어.

구석구석 네가 보낸 것들로 채워놓고 정수기 물도 받아놓고.

그리 산다.

쓸쓸해 말고 용감하게 잘 지내거라.

나는 지금도 인삼 갈아 넣은 우유를 좋아한다.

그런데 아무리 인삼이 있어도 나를 위해 갈아 먹기 힘들다.

내 입에 넣자고 인삼을 갈기 어렵다는 것이 핑계일지 모르지만 그토록 좋아하는 인삼우유를 참 챙겨 먹기 힘들다.

어느 날 인삼을 샀지만 씻기 싫어 결국 버린 적이 있었다.

엄마의 메일을 보니 엄마가 이렇게 챙겨줬었구나.

우리 엄마는 내가 사다 준 냄비를 썼었구나, 독일 냄비.

우리 엄마의 가슴에 그리움은 한가득 온통 나였구나.

엄마가 가고 나니 온 가슴 나를 그리워하는 유일한 사람이 사라진 것이었구나.

나는 또 엄마를 그리워한다.

이렇게.

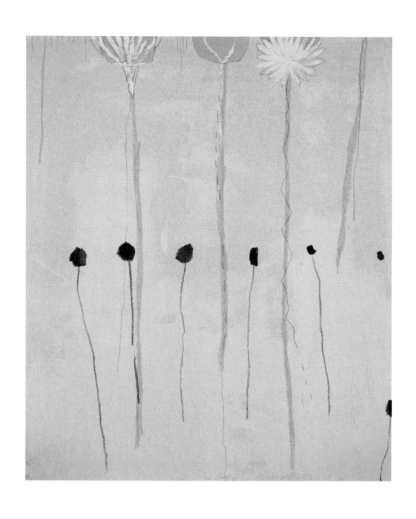

우리 엄마의 가슴에 그리움은 한가득 온통
나였구나.

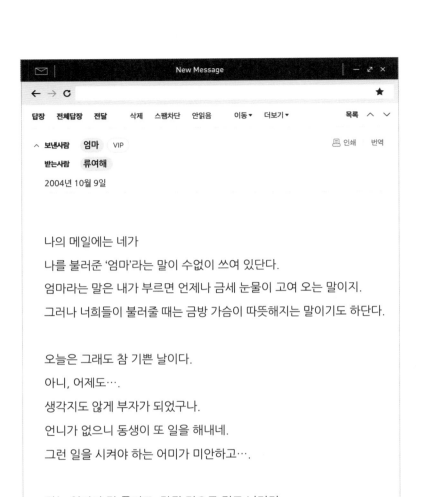

New Message

답장　전체답장　전달　삭제　스팸차단　안읽음　이동▾　더보기▾　목록 ∧ ∨

나의 메일에는 네가

나를 불러준 '엄마'라는 말이 수없이 쓰여 있단다.

엄마라는 말은 내가 부르면 언제나 금세 눈물이 고여 오는 말이지.

그러나 너희들이 불러줄 때는 금방 가슴이 따뜻해지는 말이기도 하단다.

오늘은 그래도 참 기쁜 날이다.

아니, 어제도….

생각지도 않게 부자가 되었구나.

언니가 없으니 동생이 또 일을 해내네.

그런 일을 시켜야 하는 어미가 미안하고….

하는 일마다 잘 풀리고, 잘될 것으로 믿고 나가자.

그래도 너무 다행이지.

너도 더 열심히 하거라.

빨리 돌아오는 길을 위하여.

우리 엄마에게도 엄마가 있었고
엄마를 부르면 눈물이 났다고 했다.
우리 엄마에게도 엄마라고 불러주는 딸이 있고
엄마라고 불리면 웃음이 난다고 했다.
우리 엄마에게 엄마라는 단어는 사랑이고 그리움이고

내게 엄마라는 단어는
엄마뿐이다.
엄마 보고 싶네.

나는 엄마를 수없이 부르는 엄마 바라기 딸이었다.
우리 엄마는 "내 딸아" 수없이 나를 부르는 딸 바라기 엄마였다.
우리는 그랬다.
엄마는 나를, 나는 엄마를 항상 그리워했다.

나의 메일 가득 엄마가 보낸 메일은 "내 딸아"라고 적혀 있고
엄마의 메일에는 "엄마"라고 적혀 있다.

우리 엄마는
큰딸 바라기.
나는 엄마 바라기.

우린 이제 너무 먼 곳에 떨어져 이렇게 마음으로 그리워하다
이제는 메일을 쓸 수도 전화를 걸 수도 없다.
그냥…
엄마 바라기는
하늘의 별을 본다.
엄마….

엄마는 나를, 나는 엄마를
항상 그리워했다.

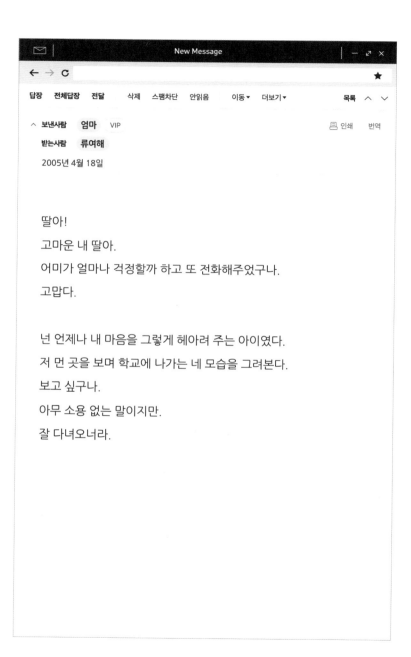

New Message

답장　전체답장　전달　　삭제　스팸차단　안읽음　　이동▾　더보기▾　　　　목록

보낸사람　**엄마**　VIP　　　　　　　　　　　　　　　　　印刷　번역
받는사람　**류여해**
2005년 4월 18일

딸아!
고마운 내 딸아.
어미가 얼마나 걱정할까 하고 또 전화해주었구나.
고맙다.

넌 언제나 내 마음을 그렇게 헤아려 주는 아이였다.
저 먼 곳을 보며 학교에 나가는 네 모습을 그려본다.
보고 싶구나.
아무 소용 없는 말이지만.
잘 다녀오너라.

보고 싶다고 내게 수없이 말해주던 엄마.
엄마는 내게 보고 싶다고 말을 했다.
어쩌면
내가 보고 싶은 유일한 사람.
어쩌면 내가 그리고 눈물 흘린 사람.
나의 그리움은
엄마였다.

그 시간 유학 시절.
그 수없는 시간이 지나고 나는 지금 한국에 있는데
이제 엄마는 없다.
엄마…
비행기를 타고 하늘에 오를 때 잠시 생각했다.
엄마가 가까이 있는 것일까?
그리움은 이렇게 편지가 되고, 시가 되고,
그리움은 눈물이 되고,
그리움은 별이 되고,
이제 그리움은 내 가슴에, 바람에 묻었다.

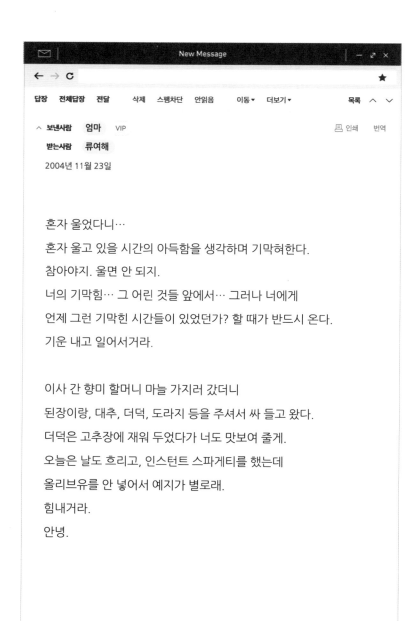

답장　전체답장　전달　　삭제　스팸차단　안읽음　　이동▾　더보기▾　　　　목록　∧　∨

∧ 보낸사람　**엄마**　VIP　　　　　　　　　　　　　　　　　　　🖨 인쇄　　번역

　받는사람　**류여해**

2004년 11월 23일

혼자 울었다니…

혼자 울고 있을 시간의 아득함을 생각하며 기막혀한다.

참아야지. 울면 안 되지.

너의 기막힘… 그 어린 것들 앞에서… 그러나 너에게

언제 그런 기막힌 시간들이 있었던가? 할 때가 반드시 온다.

기운 내고 일어서거라.

이사 간 향미 할머니 마늘 가지러 갔더니

된장이랑, 대추, 더덕, 도라지 등을 주셔서 싸 들고 왔다.

더덕은 고추장에 재워 두었다가 너도 맛보여 줄게.

오늘은 날도 흐리고, 인스턴트 스파게티를 했는데

올리브유를 안 넣어서 예지가 별로래.

힘내거라.

안녕.

유학 시절 인종차별을 당한 날,

엉엉 울며 엄마에게 전화를 걸었다.

너무 어이없고 황당해서 눈물만 나오던 날이었다.

나는 힘든 날도 좋은 날도 엄마에게 전화를 했다.

그런데…

이제 엄마가 없다.

엄마는 나의 마음케어 상담사이자

나의 고향이자

언제나 부르면 나타나는 요술램프 같은

생각해보니

말로 다 표현이 안 되는

그냥 제일 좋은

우리 엄마다.

언제나 나를 응원하는 우리 엄마.

나는 힘든 날도 좋은 날도 엄마에게 전화를 했다.

그런데…

이제 엄마가 없다.

답장　전체답장　전달　　삭제　스팸차단　안읽음　　이동▼　더보기▼　　　　목록　∧　∨

인쇄　　번역

보낸사람　**엄마**　VIP

받는사람　**류여해**

2005년 1월 7일

여해!

장한 내 딸.

너의 이름 앞에는 언제나 장한 딸. 만금 같은 내 딸.

세상에 하나뿐인 딸. 그런 고유명사가 반드시 붙는다.

고맙네. 네 마음을 돌려세우니.

네가 그 고비를 넘겨야 성공한다고 했잖아.

고통 없이 이루는 거, 가지는 건 이 세상에 아무것도 없다.

아무 걱정 말고 죽지 않을 만큼 노력해봐라.

면허증 받으러 가서 기발한 너 대처법에 놀랐다. "역시 여해는 여해

다" 하고 예지에게 말했다. 우리 아무도 그 상황에서 버틸 사람은 없

어. 그냥 돌아 나오지. 너는 또 하나 해낸 거야. 그곳에서. 그것도 일상

용어가 아니고 특수용어를 쓰는 그곳에서. 정말 엉덩이 두드려 주며

박수 치고 싶었다. 잘했다. 우리 딸.

어떤 처지, 어떤 상황에서도 너는 해낼 거야. 아무 걱정 안 하마.

방금 소포가 왔다. 아침 10시 30분. 이렇게 이른 시간 소포가 왔네. 앙증맞은 소포. 엄마의 이름을 자랑스레 써 주고 받았다. 푸른 코발트빛 스커트, 우아한 스카프. 함성을 질렀다. 예지, 나 함께. 너무 우아하고 예쁘네. 내 딸이 나를 만들어 주는구나. 근사하고 우아한 여자로. 그것 빨리 보내고 싶어서 가던 길로 부친 너의 성의도 놀랍고. 고맙게 잘 입을게. 예지는 아무래도 집에 있기가 괴롭나 봐. 서점이랑 한 바퀴 돌고 오려고.

본 잘 다녀 오너라. 그냥 놀러 가는 마음으로 편하게 다녀와.

차 속에서 허리 많이 움직여 주고.

자, 내일을 기다려 보자.

안녕.

천금 만금 같은 딸이라고 불렀지.

우리 엄마는 항상 세상 하나뿐인 딸이라고 나를 불렀다.

여동생은 그게 불만이었는데….

사실은 우리 엄마의 기분을 나는 항상 다 맞춰주었다.

엄마가 원하는 거 바라는 거 알아서 척척,

진자리 마른자리 다 갈아주며 키워주셨으니

나는 엄마를 극진히 모셨다.

우리 엄마가 원하면 언제든 콜! 나는 예스딸이었다.

엄마를 보살피는 것에 소홀함이 없었다.

그래서 엄마는 내게 항상 말했다.

장한 딸.

우리 엄마의 물개박수와 응원이 나를 지금 있도록 한 것이었다.

세상엔 절로 되는 것은 없다.

우리 엄마는 항상 세상 하나뿐인 딸이라고 나를 불렀다.

보낸사람 **엄마** VIP

받는사람 **류여해**

2006년 6월 17일

엄마가 곰곰 생각해 보았는데

너가 발표하는 날 너와 친한 애들이

미리 너와 약속한 내용을 질문하면 준비한 너가 답하고, 그러면 어떨까?

물론 또 다른 애들도 하겠지만 너와 친한 애들이

먼저 질문. 너가 자신있게 답. 그러면 자신있게 너의 분위기.

그래서 다른 질문에 조금 답변이 부실해도 보기 좋지 않을까.

그러니 너와 친한 애들을 좀 포섭해서(선물도 주고).

너 생각은 어떤지?

엄마 생각이다. 끙끙.

우리 딸 밥 잘 먹어라.

너에게 모든 행운이 가득하길 날마다 기원한다.

이 메일을 읽고 나는 잠시 충격에 빠졌다.

이 방법이 우리 엄마의 아이디어였구나.

나는 내가 스스로 했다고 생각했다.

세미나가 있었는데 세미나는 학생들의 질문도 받아야 하고 답도 해야 하고 학생들이 곤란한 질문을 하면 사실 큰 곤혹이었다.

아주 어려운 세미나를 준비하다가 나는 친구들에게 정말 간곡히 부탁을 했었다.

"미안하지만 질문을 미리 알려 줄래?"

친구들은 나의 사정을 듣고 흔쾌히 예상 질문을 주었고 나는 그 답을 미리 준비했다. 답례로 친구들에게 하트모양 초콜릿을 선물로 주었다.

물론 그 세미나에서 우수한 성적을 받았고

나는 박사학위를 하는 데 많은 도움을 받았다.

그 친구들이 오랫동안 내 곁에 남아주었고 한국에 와서도 교류가 이어졌다.

그런데… 이게 우리 엄마 아이디어였구나.

우리 엄마는 항상 딸을 생각하고

나를 위해 지혜를 보태고

나는 엄마의 지혜와 사랑 속에 편안하게 공부를 했었던 것이다.

눈이 멈추지 않는다.

세상이 하얗다.

꽁꽁 숨겨 둔 엄마의 보석상자를 잠시 꺼내서 읽고 다시 넣는다.

나는 아직 엄마라는 말을 하면 눈이 붉어진다.

엄마를 잘 보냈다고 생각하지만 그래도 슬픔이 모두 사라진 건
아니다.

엄마 손잡고 걸어가는 모녀를 보면 부럽다.

식당서 티키타카하는 모녀를 보면 샘난다.

엄마 모습을 닮은 할머니를 보면 그립다.

울 엄마 좋아하던 스카프 색을 보면 사드릴 수 없음이 슬프다.

아직도…

내게 슬픔은 여전히 있다.

그러나…

나는 이제 안다.

엄마는 내게 엄마와의 추억을 주고 엄마의 엄마 곁으로 간 것이다.

나를 키우는 동안 그리워도 만나지 못한 엄마의 엄마 곁으로 이
제 가서 엄마가 아닌 딸이 되어 행복하게 살고 있을 것이다.

그리움은 산 자의 특권

추억은 산 자의 점유

나는 엄마를 그리워하고 엄마를 추억한다.

50여 년 나의 엄마로
나는 50여 년 엄마의 딸로
우린 그렇게 사랑했다.

내가 하늘 갔을 때 우리 엄마가 날 안아주겠지.
"만금 같은 내 딸아"라며.
그리고 지금은 하늘에서 날 보며 엄마는 이렇게 말을 하겠지.
"내 딸아, 너는 할 수 있어 넌 내 딸이니까."